10685
ILLUSTRÉE
N° 50
RABELAIS
GARGANTUA
II
10
10
10
CENTIMES
L. BOULANGER
Sous la Direction de J. Lermina

D

Il paraît un volume par semaine. Chaque volume pris chez l'éditeur ou chez les libraires ou marchands de journaux, coûte 10 Centimes.

Chaque volume envoyé franco par la poste, coûte 15 Centimes.

Cette augmentation n'est pas autre chose que le prix réclamé par la poste. — Les cinquante premiers volumes sont :

1. Victor Hugo. — A travers son Œuvre.
2. Général Boulanger. — Biographie et Discours.
3. Molière. — Les précieuses Ridicules.
4. Gambetta. — L'affaire Baudin.
5. Papiers et Correspondances de la Famille impériale.
6. Diderot. — Ceci n'est pas un Conte.
7. Ch. Floquet. — Paris et la République.
8. J.-J. Rousseau. — Confessions. — L'Enfance.
9. Ch.-L. Chassin. — Le Centenaire de 89.
10. Jules Claretie. — Les Derniers Montagnards.
11. J. Grévy. — Biographie et Discours.
12. }
13. } Voltaire. — Candide.
14. Racine. — Les Plaideurs.
15. Restif de la Bretonne. — Les vingt épouses des Vingt associés.
16. Thiers. — Le 18 mars.
17. Desaugiers. — Chansons.
18. Danton. — La Patrie en danger.
19. Les Jésuites et leurs instructions secrètes.
20. Mercier. — Paris en 1789.
21. Jules Lermina. — La France martyre.
22. }
23. } Molière. — Le Tartufe.
24. Hégésippe Moreau. — Contes. — La Souris blanche.
25. Journiac Saint-Méard. — Mon Agonie (1793).
26. Mirabeau. — Opinions et Discours.
27. }
28. } Beaumarchais. — Le Barbier de Séville.
29. Lafontaine. — Fables.
30. J.-J. Rousseau. — Le Contrat social.
31. Barbès. — Deux jours de Condamnation à mort.
32. Molière. — L'École des Maris.
33. Diderot. — Les deux Moines.
34. }
35. } Beaumarchais. — Le Mariage de Figaro.
36. }
37. Tony Révillon. — Hoche.
38. Lamennais. — Le Livre du Peuple.
39. }
40. } X. de Maistre. — La Jeune Sibérienne.
41. Edouard Lockroy. — Biographie et Extrait.
42. }
43. } Longus. — Daphnis et Chloé.
44. }
45. Voltaire. — Poésies.
46. Eugène Spuller. — Biographie et Discours.
47. }
48. } Corneille. — Le Menteur.
49. }
50. } Rabelais. — Gargantua.
51. }
52. Camille Desmoulins. — La Lanterne.
53. Carnot. — La Révolution Française.

GARGANTUA

(Suite du N° 49).

CHAPITRE XX

Comment le sophiste emporta son drap, et comment il eut procez contre les autres maîtres.

Le sophiste n'eût sitôt achevé que Ponocrates et Eudemon s'esclafferent de rire tant profondement, et qu'il en cuiderent rendre l'âme à Dieu, ne plus ne moins que Crassus voyant un âne coüillart qui mangeoit des chardons, et comme Philemon, voyant un âne qui mangeoit les figues qu'on avoit apprêtées pour le dîner, mourut de force de rire. Ensemble eux commença rire maître Janotus, à qui mieux mieux, tant que les larmes leur venoient és yeux, par la vehemente concussion de la substance du cerveau, à laquelle furent exprimées ces humiditez lachrymales, et transcoulées jouxte les nerfs optiques. En quoy par eux étoit Democrite heraclitisant et Heraclito democritisant représenté.

Ces ris du tout sedez, consulta Gargantua avecques ses gens sur ce qu'étoit de faire.

Là fut Ponocrates d'avis qu'on fît reboire ce bel orateur. Et vû qu'il leur avoit donné du passe temps, et plus fait rire que n'eût fait Songecreux, qu'on lui baillât dix pans de sausices, mentionnez en la joyeuse harangue, avecques une paire de chausses, trois cens de gros bois de moulle, vingt et cinq muis de vin, un lit à triple couche de plume anserine, et une écuelle bien capable et profonde, lesquelles disoit être à sa vieillesse necessaires.

Le tout fut fait ainsi qu'avoit été délibéré : excepté que Gargantua, doutant qu'on ne trouvât à l'heure chausses commodes pour ses jambes, doutant aussi de quelle façon mieux duiroient audit orateur, ou à la martingale, qui est un pont-levis de cul pour plus aisément fianter : ou à la marinière pour mieux soulager les roignons, ou à la souisse, pour tenir chaude la bédondaine ; ou à queuë de merlus, de peur d'échauffer les reins : luy fit livrer sept aulnes de drap blanchet pour la doubleure. Le bois fut porté par les gaignedeniers, les maîtres és arts porterent les sausices et écuelles. Maître Janot voulut porter le drap. Un desdits maîtres Jousse Bandouille, lui remontroit que ce n'étoit honnête ny décent à son état, et qu'il le baillât à quelqu'un d'entre eux.

— Ha! dit Janotus, baudet, baudet, tu ne concluds point *in modo et figura*. Voilà de quoy servent les suppositions, *et parva logicalia. Pannus pro quo supponit?*

— *Confusé*, dit Bandouille, *et distributivé*.

— Je ne te demande pas, dit Janotus, baudet, *quomodo supponit*, mais *pro quo*; c'est baudet, *pro tibiis meis*. Et pource le porteray-je, *egomet sicut suppositum portat adpositum*.

Ainsi l'emporta en tapinois, comme fit Patelin son drap. Le bon fut quand le tousseux, glorieusement en plein acte tenu chez les mathurins, requit ses chausses et saucises; car peremptoirement lui furent donnez, par autant qu'il les avoit eu de Gargantua, selon les informations sur ce faites.

Il leur remontra que ce avoit été *gratis*, de sa libéralité, par laquelle ils n'étoient mie absous de leurs promesses.

Ce nonobstant lui fut répondu qu'il se contentât de raison, et que autre bribe n'en auroit.

— Raison, dit Janotus, nous n'en usons point ceans, Traîtres, malheureux, vous ne valez rien. La terre ne porte gens plus méchants que vous êtes. Je le sçay bien; ne clochez pas devant les boiteux. J'ay exercé la méchanceté avecques vous. Par la ratte Dieu, j'avertiray le roy des énormes abus qui sont forgez ceans, et par vos mains menez. Et que je soye ladre s'il ne vous fait tout vifs brûler comme bougres, traîtres heretiques et seducteurs, ennemis de Dieu et de vertu.

A ces mots, prindrent articles contre lui, lui de l'autre côté les fit ajourner. Somme, le procez fut retenu par la court, et y est encore. Les magistres, sur ce point, firent veu de ne soy décroter; maître Janot avecques ses adherens fit veu de ne se moucher jusques à ce qu'il en fût dit par arrêt définitif.

Par ces veus sont jusques à présent demeurez et croteux et morveux, car la court n'a encore bien grabelé toutes les pièces. L'arrêt sera donné es prochaines calendes grecques, c'est-à-dire jamais. Car vous sçavez qu'ils font plus que nature, et contre leurs articles propres. Les articles de Paris chantent que Dieu seul peut faire des choses infinies. Nature, rien ne fait immortel; car elle met fin et periode à toutes choses par elle produites; car *omnia orta cadunt*, etc.

Mais ces avaleurs de frimars font les procez devant eux pendants, et infinis, et immortels. Ce que faisans ont donné lieu et verifié le dit de Chilon Lacedemonien, consacré en Delphes, disant: « Misere être compagne de procez, et gens plaideyeurs miserables. » Car plutôt ont fin de leur vie que de leur droit prétendu.

CHAPITRE XXI

L'étude de Gargantua selon la discipline de ses précepteurs sophistes.

Les premiers jours ainsi passez et les cloches remises en leur lieu, les citoyens de Paris par reconnoissance de cette honnêteté, s'offrirent d'entretenir et nourrir sa jument tant qu'il lui plairoit. Ce que Gargantua print bien à gré. Et l'envoyèrent vivre en la forêt de Bière. Je croy qu'elle n'y soit plus maintenant.

Ce fait, voulut de tout son sens étudier à la discretion de Ponocrates. Mais iceluy pour le commencement ordonna qu'il seroit à sa manière accoûtumée, afin d'entendre par quel moyen en si long tems ses antiques précepteurs l'avoient rendu tant fat, niais et ignorant. Il dispensoit doncques son temps en telle façon, qu'ordinairement il s'éveilloit entre huit et neuf heures, fût jour ou non, ainsi l'avoient ordonné ses regens antiques allegens ce que dit David : *Vanum est vobis ante lucem surgere.*

Puis se gambayoit, penadoit et paillardoit parmi le lit quelque temps pour mieux ébaudir ses esprits animaux, et s'habilloit selon la saison, mais volontiers portoit une grande et longue robe de grosse frise, fourrée de renards ; après se peignot du peigne de Almain : c'étoit des quatre doigts et le pouce. Car ses précepteurs disoient que soy autrement peigner, laver et netoyer étoit perdre temps en ce monde.

Puis fiantoit, pissoit, rendoit sa gorge, rotoit, petoit, bailloit, crachoit, toussoit, sangloutoit, et éternuoit, et se moryoit en archidiacre, et déjûnoit pour abattre la rosée et mauvais air : belles trippes frites, belles carbonnades, beaux jambons, belles cabirotades, et force souppes de prime.

Ponocrates lui remontroit que tant soudain ne devoit repaître au partir du lit, sans avoir premièrement fait quelque exercice. Gargantua répondit :

— Quoi ! n'ay-je fait suffisant exercice ? Je me suis vautré six ou sept tours parmi le lit, devant que me lever. N'est-ce assez ? Le pape Alexandre ainsi faisoit par le conseil de son médecin juif, et véquit jusques à la mort, en dépit des envieux. Mes premiers maîtres m'y ont accoûtumé, disans que le déjûner faisoit bonne memoire, pourtant y bûvoient les premiers. Je m'en trouve fort bien, et n'en dîne que mieux. Et me disoit maître Tubal, qui fut premier de sa licence à Paris, que ce n'est tout l'avantage de courir bientôt, mais bien de partir de bonne heure ; aussi n'est-ce la santé totale de nôtre humanité boire à tas, à tas, comme canes, mais oüi bien de boire matin. *Unde versus :*

> Lever matin n'est point bon heur,
> Boire matin est le meilleur.

Après avoir bien à point déjûné, alloit à l'église, et lui portoit-on dedans un grand pannier, un gros breviere empantouflé, pesant, tant en graisse qu'en fermoirs et parchemin, poy plus poy moins, onze quintaux six livres. Là oyoit vingt et six ou trente messes ; cependant venoit son diseur d'heures en place, empaletoqué comme une duppe, et très bien antidoté son alaine à force sirop vignolat. Avecques iceluy marmotoit toutes ces kyrielles, et tant curieusement les épluchoit, qu'il n'en tomboit un seul grain en terre. Au partir de l'église, on lui amenoit, sur une traîne à bœufs, un fratas de patenôtres de saint Claude, aussi grosses chacune qu'est le moulle d'un bonnet, et se pourmenant par les cloîtres, galeries ou jardin, en disoit plus que seize hermites.

Puis étudioit quelque méchante demie heure, les yeux assis dessus son livre; mais (comme dit le comique) son ame étoit en la cuisine.

Pissant doncques plein urinal, s'asseoit à table. Et parce qu'il étoit naturellement phlegmatique, commençoit son repas par quelques douzaines de jambons, de langues de bœufs fumées, de boutargues, d'andouilles et tels autres avant-coureurs de vin. Cependant quatre de ses gens lui jetoient en la bouche, l'un après l'autre continuellement, moûtardes à pleines palerées, puis bûvoit un horrifique trait de vin blanc pour lui soulager les roignons. Après mangeoit, selon la saison, viandes à son appetit, et lors cessoit de manger quand le ventre lui tiroit. A boire n'avoit point fin ni canon. Car il disoit que les metes et bornes de boire étoient, quand la personne bûvant, le liege de ses pantoufles enfloit en haut d'un demy pié.

CHAPITRE XXII

Les jeux de Gargantua.

Puis, tout lourdement grignotant d'un transon de graces, se lavoit les mains de vin frais, s'écuroit les dents avecques un pié de porc, et devisoit joyeusement avecques ses gens. Puis, le verd étendu, l'on déployoit forces cartes, force dez et renfort de tabliers. Là jouoit :

Au flux	Au lansquenet
A la prime	Au cocu
A la vole	A qui a, si parle
A la pille	A pille, nade, jocque, fore
A la triomphe	Au mariage
A la picardie	Au gay
Au cent	A l'opinion
A l'épinay	A qui fait l'un fait l'autre
A la malheureuse	A la sequence
Au fourby	Aux luettes
A passe dix	Aux taraux
A trente et un	A coquimbort, qui gaigne perd
A pair et sequence	Au béliné
A trois cens	Au torment
Au malheureux	A la ronfle
A la condemnade	Au glic
A la carte virade	Aux honneurs
Au maucontent	A la boutte foire
A la mourre	A compere prêtes-moy votre sac
Aux échets	A la coüille de bélier
Au renard	A boute hors
Aux marelles	A figues de Marseille
Aux vaches	A la mousque
A la blanche	A larcher tru

A la chance
A trois dez
Aux tables
A la nicquenocque
Au lourche
A la renette
Au barignin
Au trictrac
A toutes tables
Aux tables rabatuës
A reniguebieu
Au forcé
Aux dames
A la babou
A primus secundus
Au pié du couteau
Aux clefs
Au franc du carreau
A pair ou non
A crois ou pile
Aux martres
Aux pingres
A la bille
Au savatier
Au hybou
Au dorelot du liévre
A la tirelitantaine
A cochonnet va devant
Aux pies
A la corne
Au bœuf violé
A la cheveche
A je pinse sans rire
A picoter
A déferrer l'âne
A la jautru
Au bourry bourry zou
A je m'assis
A la barbe d'oribus
A la bousquine
A tire la broche
Au pirevollet
Au clinemucette
Au piquot
A la blanque
Au furon
A la seguette
Au Châtelet
A la rengée
A la fossette
A écorcher le renard
A la ramasse
A croc madame
A vendre l'avoine
A souffler le charbon
Aux réponsailles
Au juge vif et juge mort
A tirer les fers du four
Au faux vilain
Aux cailleteaux
Au bossu aulican
A saint trouvé
A pinse morille
Au poirier
A pimpompet
Au triori
Au cercle
A la truie
A ventre contre ventre
Aux combes
A la vergette
Au palet
Au j'en suis
Au fouquet
Aux quilles
Au rapeau
A la boule plate
Au vireton
Au picquarome
A touchemerde
A angenart
A la courte boule
A la griéche
A la requoquillette
A cassepot
A mon talent
A la pyrouette
Aux jonchées
Au court bâton
Au crapault
A la crosse
Au piston
Au billeboquet
Aux roynes
Aux métiers
A tête à tête bechevel
Au pinot
A malle mort
Au croquinolles
A laver la coiffe madame

Au ronflart
A la trompe
Au moine
Au tenebri
A l'ébahi
A la soulle
A la navette
A fessart
Au ballai
A saint Côme je te viens adorer
A escarbot le brun
A je vous prens sans verd
A bien et beau s'en va Qua
   rême
Au chêne fourchu
Au cheval fondu
A la queuë au loup
A pet en gueule
A Guillemin baille my ma lance
A la brandelle
Au tresceau
Au bouleau
A la mouche
A la migne mignebeuf
Au propos
A neuf mains
Au chapifou
Au ponts chûs
A colin bridé
A la grolle
Au coquantin
Au colin maillard
A mirelimouffe
A mouchart

Au belusteau
A semer l'avoine
A brifault
Au moulinet
A defendo
Aux écoublettes enragées
A la virevolet
A la bacule
Au laboureur
A la chevêce
A la bête morte
A monte monte l'échellette
Au pourceau mory
Au cul sallé
Au pigeonnet
Au tiers
A la bourrée
Au saut du buisson
A croiser
A la cutte cache
A la maille bourse en cul
Au nid de la bondrée
Au passavant
A la figue
Aux petarrades
A pille moutarde
A cambos
A la rechûté
Au picandeau
Au croqueteste
A la gruë
A taillecoup
Aux nazardes
Aux chiquenaudes

Après avoir bien joué, sassé, passé et beluter temps, convenoit boire quelque peu : c'étoient onze peguads pour homme, et soudain, après banqueter, c'étoit sur un beau blanc ou un beau plein lit s'étendre et dormir deux ou trois heures sans penser ny mal dire.

Lui éveillé, secouoit un peu les oreilles ; cependant étoit apporté vin frais, là buvoit mieux que jamais.

Panocrates lui remontroit que c'étoit mauvaise dieté ainsi boire après dormir.

— C'est, répondit Gargantua, la vraie vie des Peres. Car de ma nature je dors sallé, et le dormir m'a valu autant de jambon.

Puis commençoit étudier quelque peu, et patenôtres en avant, pour lesquelles mieux en forme expédier, montoit sus une vieille mulle, laquelle avoit servi neuf fois, ainsi marmotant de la bouche et dodelinant de la tête, alloit voir prendre quelque connil aux filets.

Au retour, se transportoit en la cuisine pour sçavoir quel rôt était en broche.

Et souppoit très-bien, par ma conscience, et volontiers convioit quelques bûveurs de ses voisins, avec lesquels bûvant d'autant, comptoient des vieux jusques és nouveaux.

Entre autres avoit pour domestiques les seigneurs du Fou, de Gourville, de Grignaut et de Marigny.

Après soupper venoient en place les beaux évangiles des bois, c'est-à-dire force tabliers, ou le beau flux, un, deux, trois, ou a toutes restes pour abreger, ou bien alloient voir les garces d'entour, et petits banquets parmi collations et arrière-collations. Puis dormir sans débrider jusques au lendemain huit heures.

CHAPITRE XXIII.

Comment Gargantua fut institué par Ponocrates en telle discipline qu'il ne perdoit heure du jour.

Quand Ponocrates connut la vitieuse maniere de vivre de Gargantua, délibera autrement l'instituer en lettres, mais pour les premiers jours le tolera, considerant que nature n'endure mutations soudaines sans grande violence.

Pour doncques mieux son œuvre commencer, supplia un sçavant medecin de celuy temps, nommé maître Théodore, à ce qu'il considerât si possible étoit remettre Gargantua en meilleure voye. Lequel le purgea canoniquement avec eleboro de Anticyro, et par ce medicament luy nettoya toute l'alteration et perverse habitude du cerveau. Par ce moyen aussi Ponocrates lui fit oublier tout ce qu'il avoit apris sous ses antiques précepteurs, comme faisoit aussi Thimote à ses disciples, qui avoient été instruits sous autres musiciens. Pour mieux ce faire, l'introduisoit és compagnies de gens sçavants, qui là étoient, à l'émulation desquels lui crût l'esprit et le désir d'étudier autrement, et se faire valoir.

Après, en tel train d'étude le mit, qu'il ne perdoit heure quelconque du jour : ainsi tout son temps consommoit en lettres et honnête sçavoir. S'éveilloit doncques Gargantua environ quatre heures du matin. Cependant qu'on le frottoit lui était lûë quelque pagine de la divine Ecriture hautement et clerement avec prononciation competente à la matier², et à ce étoit commis un jeune page natif de Bâche, nommé Anagnostes. Selon le propos et argument de cette leçon, souventes fois s'adonnoit à révérer, adorer, prier et supplier le bon Dieu : duquel la lecture montroit la majesté et jugemens merveilleux. Puis alloit és lieux secrets foire excretion des digestions naturelles. Là son precepteur repetait ce qu'avoit été lû : luy exposant les points plus obscurs et difficiles.

Eux retournans consideroient l'état du ciel, si tel était comme l'avoient noté au soir précedent : en quels signes entroit le soleil, aussi la lune pour icelle journée.

Ce foit, étoit habillé, peigné, testonné, accoûtré et parfumé, durant lequel temps on lui repetait les leçons du jour de devant. Lui-même les disoit par cœur : et y fondoit quelques cas pratiques concernans l'état humain, lesquels il entendoit aucunes fois jusques deux ou trois heures, mais ordinairement cessoient lorsqu'il étoit du tout habillé. Puis par trois bonnes heures lui étoit faite lecture.

Ce fait, issoient hors, toujours conferans des propos de la lecture, et se déportoient en Braque, ou és prez, et jouoient à la belle, à la paume, à la pile trigone, galantement s'exerçant le corps comme ils avoient les ames auparavant exercé. Tout leur jeu n'étoit qu'en liberté ; car ils laissoient la partie quand leur plaisoit, et cessoient ordinairemet lorsque suoient parmy le corps, ou étoient autrement las. Adoncques étoient très-bien essuyez et frottez, changeoient de chemise, et doucement se pourmenans alloient voir si le diner étoit prêt. Là attendans recitoient clairement et éloquentement quelques sentences retenuës de la leçon.

Cependant monsieur l'appétit venoit, et par bonne opportunité s'assoient à table. Au commencement du repas étoit luë quelque histoire plaisante des anciennes prouësses ; jusques à ce qu'il eût pris son vin.

Lors, si bon sembloit, on continuoit la lecture, ou commençoient à deviser joyeusement ensemble, parlans pour les premiers mots de la vertu, propriété efficace et nature de tout ce qui leur étoit servi à table. Du pain, du vin, de l'eau, du sel, des viandes, poissons, fruits, herbes, racines et de l'apprêt d'icelles.

Ce que faisant, aprit on peu de temps tous les passages à ce competens en Pline, Athenée, Dioscorides, Jullius Pollux, Galen, Perphyre, Opian, Polybe, Heliodore, Aristoteles, Elian et autres.

Iceux propos tenus, fasoient souvent, pour plus être assurez, apporter les livres susdits à table. Et si bien et entierement retint en sa memoire les choses dites, que pour lors n'étoit medecin qui en sçût à la moitié tant comme il faisoit.

Après devisoient des leçons luës au matin, et parachevant leur repas par quelque confection de cotoniat, s'écuiroit les dents avec un tronc de lentisce, se lavoit les mains et les yeux de belle eau fraîche : et rendoit grace à Dieu par quelques beaux cantiques faits à la louange de la munificence et benignité divine.

Ce fait, on apportoit des cartes, non pour jouer, mais pour y apprendre mille petites gentillesses et inventions nouvelles. Lesquelles toutes issoient de arithmetique. En ce moyen entra en affection d'icelle science numerale, et tous les jours après diner et soupper y passoit temps aussi plaisantement qu'il souloit en dez ou és cartes. A tant sçut d'icelle et theorique et pratique, si bien que Tunstal, Anglois qui en avoit amplement écrit, confessa que vrayement en comparaison de lui il n'y entendoit que le haut alemand.

Et non-seulement d'icelles, mais des autres sciences mathematiques, comme geometrie, astronomie et musique. Car attendans la concoction et digestion de son past, ils faisoient mille joyeux instrumens et figures geometriques, et de même pratiquoient les canons astronomiques.

Après s'ébaudissoient à chanter musicalement à quatre et cinq parties, ou sur un theme à plaisir de gorge. Au regard des instrumens de musique, il apprit à jouer du luth, de l'épinette, de la harpe, de

la flutte d'Alemand, et à neuf trous, de la viole, et de la sacque-
boute.

Cette heure ainsi employée, la disgestion parachevée, se purgeoit
des excremens naturels ; puis se remettoit à son étude principale
par trois heures ou davantage : tant à repeter la lecture matutinale,
qu'à poursuivre le livre entrepris, que aussi à écrire, à bien traire et
former les antiques et romaines lettres.

Ce fait, issoient hors leur hôtel avecques eux un jeune gentilhomme de Touraine nommé l'écuyer Gymnaste, lequel luy montroit
l'art de chevalerie, Changeant doncques de vêtemens, montoit sur un
coursier, sur un roussin, sur un genet, sur un cheval barbe, cheval
leger, et lui donnoit cent quarrieres, le faisoit voltiger en l'air fran-
chir le fossé, sauter le palis, court tourner en un cercle, tant à dextre
comme à senestre. Là rompoit non la lance, car c'est la plus grande
rêverie du monde, dire : J'ay rompu dix lances en tournoy, ou en
bataille ; un charpentier le feroit bien. Mais louable gloire est d'une
lance avoir rompu dix de ses ennemis. De la lance doncques acerée,
verde, et roide rompoit un huis, enfonçoit un harnois, aculoit un
arbre, enclavoit un aneau, enlevoit une selle d'armes, un haubert,
un gantelet. Le tout faisoit armé de pied en cap. Au regard de fan-
farer, et faire les petits popismes sur un cheval, nul ne le fit mieux
que luy. Le voltigeur de Ferrare n'étoit qu'un singe en comparaison.
Singulierement étoit apris à sauter hâtivement d'un cheval sur l'autre
sans prendre terre, et nommoit ón ces chevaux, désultoires ; et de
chacun d'un côté la lance au poing, monter sans étrivieres et sans
bride, guider le cheval à son plaisir. Car telles choses servent à discipline militaire.

Un autre jour s'exerçoit à la hache, laquelle tant bien couloit, tant
verdement de tous pics resserroit, tant souplement avalloit en taille
ronde, qu'il fut passé chevalier d'armes en campagne, et en tout
essais.

Puis branloit la picque, sacquoit de l'épée à deux mains, de l'épée
bâtarde, de l'espagnole, de la dague, et du poignard, armé, non
armé, au bouclet, à la cappe, à la rondelle.

Couroit le cerf, le chevreuil, l'ours, le dain, le sanglier, le lièvre, la
perdris, le faisant, l'otarde. Jouoit à la grosse balle, et la faisoit don-
dir en l'air autant du pié que du poing.

Luctoit, couroit, sautoit, non à trois pas un saut, non à clochepied,
non au saut d'Alemand. Car, disoit Gymnaste, tels sauts sont inuti-
les, et de nul bien en guerre. Mais d'un saut perçoit un fossé, vouloit sur une haye, montoit six pas encontre une muraille, et rampoit
en cette façon à une fenêtre de la hauteur d'une lance.

Nageoit en profonde eau, à l'endroit, à l'envers, de côté, de tout
le corps des seuls pieds, une main en l'air, en laquelle tenant un livre
transpassoit toute la riviere de Seine, sans icelui moüiller, et tirant
par ses dents son manteau, comme faisoit Jules Cesar, puis d'une
main entroit par grande force en un bâteau ; d'icelui se jettoit dere-
chef en l'eau, la tête premiere, sondoit le profond, creusoit les ro-
chers, plongeoit és abîmes et goufres. Puis icelui bâteau tournoit,
gouvernoit, menoit hâtivement, lentement, à fil d'eau contre cours,

le retenoit en pleine écluse, d'une main le guidoit, de l'autre s'escrimoit avec un grand aviron, tendoit le voile, montoit aux mâts par les traits, couroit sur les branquars, ajoûtoit la boussole, contreventoit les boulines, bandoit le gouvernail.

Issant de l'eau roidement, montoit encontre la montagne, et dévalloit aussi franchement, gravoit és arbres comme un chat, sautoit de l'une en l'autre comme un escurieux, abbattoit les gros rameaux comme un autre Milon : avec deux poignards acerez et deux pinsons éprouvez montoit en haut d'une maison comme un rat, descendoit puis du haut en bas en telle composition des membres, que de la chûte n'étoit aucunement greve. Jettoit le dart, la barre, la pierre, la javeline, l'espieu, la halebarde, enfonçoit l'arc, bandoit és reins les fortes arbalètes de passe, visoit de l'arquebuse à l'œil, afûtoit le canon, tiroit à la butte, au papegay, du bas en mont, d'amont en val, devant, de côté, en arrière, comme les Parthes.

On lui attachoit un cable en quelque haute tour pendant en terre : par icelui avec deux mains montoit, puis dévalloit si roidement et si assurément, que plus ne pourriez parmy un pré bien égalé. On lui mettoit une grosse perche appuyée à deux arbres, à icelle se pendoit par les mains, et d'icelle alloit et venoit sans des pieds à rien toucher, qu'à grande course on ne l'eût pû aconcevoir.

Et pour s'exercer le thorax et poulmon, crioit comme tous les diables. Je l'oûï une fois appellant Eudemon depuis la porte Saint-Victor jusques à Montmartre. Stentor n'eût oncques telle voix à la bataille de Troye.

Et pour galantir les nerfs, on lui avoit fait deux grosses saumones de plomb, chacune du poids de huit mille sept cents quintaux, lesquelles il nommoit alteres. Icelles prenoit de terre en chacune main et les élevoit en l'air au-dessus de la tête, les tenoit ainsi sans soy remuër trois quarts d'heure et d'avantage, que étoit une force inimitable.

Joüait aux barres avec les plus forts. Et quant le point avenoit, ses tenoit sur ses pieds tant roidement qu'il s'abandonnoit és plus avantureux en cas qu'ils le fissent mouvoir de sa place, comme jadis faisoit Milon. A l'imitation duquel aussi tenoit une pomme de grenade en sa main, et la donnoit à qui luy pourroit ôter.

Le temps ainsi employé, lui frotté, nettoyé, et rafraîchi d'habillemens, tout doucement retournoient, et passans par quelques prez ou autres lieux herbus, visitoient les arbres et plantes, les conferant avec les livres des anciens qui en ont écrit, comme Theophraste, Dioscorides, Marinus, Pline, Nicander, Macer et Galen, et en emportoient leurs pleines mains au logis, desquelles avoit la charge un jeune page nommé Rhizotome, ensemble des marruchons, des pioches, serfouettes, bêches, tranches et autres instruments requis à bien arborizer.

Eux arrivez au logis, cependant qu'on aprêtoit le souper repetoient quelques passages de ce qu'avoit été lu et s'asseoient à table. Notez ici que son dîner étoit sobre et frugal : car tant seulement mangeoit pour refrener les abois de l'estomac, mais le soupper étoit copieux et large. Car tant en prenoit que lui étoit besoin à soy entretenir et nourir. Ce que est la vraye diete préscrite par l'art de bonne et seure medecine, quoy qu'un tas de badaux medecins, herselez en l'officine des sophistes conseillent le contraire. Durant icelui repas étoit continuée la leçon du dîner, tant que bon sembloit : le reste étoit consommé en bons propos tous lettrez et utiles.

Après graces rendues, s'adonnoient à chanter musicalement : à jouër d'instrumens harmonieux, ou de ces petits passe-temps qu'on fait ès cartes, ès dez, et gobelets : et là demeuroient faisant grand'chère, s'ébaudissans aucunes fois jusques à l'heure de dormir, quelquefois alloient visiter les compagnies des gens lettrez, ou de gens qui eussent vù païs étranges.

En pleine nuit, devant que soi retirer, alloient au lieu de leur logis le plus découvert voir la face du ciel : et là notoient les cometes si aucunes étoient, les figures, situations, aspects, oppositions et conjonctions des astres.

Puis avec son precepteur recapituloient briévement à la mode des Pythagoriques tout ce qu'il avoit lû, vû, sçû, fait et entendu au décours de toute la journée.

Si prioient Dieu le créateur en l'adorant, et ratifiant leur foi envers lui : et le glorifiant de sa bonté immense, et lui rendant grâce de tout le temps passé, se recommandoient à sa divine clémence pour tout l'avenir. Ce fait entroient en leur repos.

CHAPITRE XXIV

Comment Gargantua employoit le temps quand l'air était pluvieux.

S'il avenoit que l'air fût pluvieux et intempéré, tout le temps devant dîner étoit employé comme de coûtume, excepté qu'il faisoit allumer un beau et clair feu, pour corriger l'intemperie de l'air. Mais après dîner, au lieu des exercitations, ils demeuroient en la maison, et par manière d'apotherapie s'ébattoient à boteler du foin, à fendre et scier du bois, et à battre les gerbes en la grange. Puis étudioient en l'art de peinture et de sculpture : ou révoquoient en usage l'antique jeu des tailles, ainsi qu'en a écrit Leonicus, et comme y joue nôtre bon amy Lascaris. En y jouant recoloient les passages des auteurs anciens esquels est faite mention, ou prise quelque métaphore sur icelui jeu. Semblablement, ou alloient voir comment on tiroit les metaux, ou comment on fondoit l'artillerie : ou alloient voir les lapidaires, orfèvres, et tailleurs de pierreries, ou les alchimistes, et monnoyeurs, ou les hautelissiers, les tissutiers, les veloutiers, les horlogers, mirailliers, imprimeurs, organistes et autres telles sortes d'ouvriers, et partout donnans le vin, prenoient et considéroient l'industrie et invention des métiers.

Alloient ouïr les leçons publiques, les actes solennels, les repetitions, les déclamations, les plaidoyez des gentils avocats, les consions des prêcheurs évangéliques.

Passoit par les salles et lieux ordonnez pour l'escrime, et là contre les maîtres essayoit de tous bâtons, et leur montroit par évidence, qu'autant, voire plus, en sçavoit qu'iceux. Et au lieu d'arboriser visitoient les boutiques des drogueurs, herbiers et apothicaires, et soigneusement considéroient les fruits, racines, feuilles, gommes, semences, exunges peregrines, ensemble aussi comment on les adultéroit. Alloit voir les bateleurs, trajectaires, et theriacleurs, et consideroit leurs ruses, leurs sobresaux et beau parler : singulièrement de ceux de Chaunis en Picardie, car ils sont de nature grands jaseurs, et beaux bailleurs de balivernes en matière de singes verds.

Eux retournez pour souper, mangeoient plus sobrement qu'ès autres jours, et viandes plus desiccatives et extenuantes : afin que l'intemperie humide de l'air communiquée au corps par nécessaire confinité, fût par ce moyen corrigée, et ne leur fût incommode par ne soy être exercitez, comme avoient de coûtume.

Ainsi fut gouverné Gargantua, et continuoit ce procez de jour en jour, profitant comme entendez que peut faire un jeune homme selon son âge de bon sens, en tel exercice ainsi continué. Lequel combien qu'il semblât pour le commencement difficile, en la continuation tant doux fut, leger et délectable, que mieux ressembloit un passe temps de roy que l'étude d'un écolier.

Toutefois, Ponocrates, pour le séjourner de cette vehemente intention des esprits, avisoit une fois le mois quelque jour bien clair et serain, auquel bougeoient au matin de la ville, et alloient ou à Gentilly, ou à Boulogne, ou à Montrouge, ou au Pont-Charanton, ou à Vanves, ou à Saint-Clou. Et là passoient toute la journée à faire la plus grande chere dont ils se pouvoient aviser : raillans, gaudissans, buvans d'autant, jouant, chantans, dansans, se vautrans en quelque beau pré, dénichant des passereaux, prenans des cailles, pêchant aux grenoilles et écrevisses.

Mais encore que icelle journée fût passée sans livres et lectures, point elle n'étoit passée sans profit. Car en ce beau pré ils recoloient par cœur quelques plaisans vers de l'Agriculture de Virgile, d'Hesiode, du *Rustique*, de Politian : décrivoient quelques plaisans épigrammes en latin : puis les mettoient par rondeaux et ballades en langue françoise. En banquetant, du vin aigué séparoient l'eau : comme l'enseigne Caton (*De Re rust.*), et Pline, avecques un goubelet de lierre, lavoient le vin en plein bassin d'eau, puis le retiroient avecques un embut, faisoient aller l'eau d'un verre en autre, bâtissoient plusieurs petits engins automates, c'est-à-dire soi mouvans eux mêmes.

CHAPITRE XXV

Comment fut mû entre les fouaciers de Lerne, et ceux du pays de Gargantua le grand débat dont furent faites grosses guerres.

En cetui temps, qui fut la saison de vendanges au commencement d'automne, les bergers de la contrée étoient à garder les vignes et empêcher que les étourneaux ne mangeassent les raisins. Auquel temps les fouaciers de Lerne passeoient le grand quarroy, menans dix ou douze charges de fouaces à la ville. Lesdits bergers les requirent courtoisement leur en bailler pour leur argent, au prix du marché. Car notez que c'est viande celeste, manger à déjûner raisins avec fouaces fraîches, mêmement des pineaux, des fiers muscadeaux, de à bicane, et des foirars pour ceux qui sont constipez du ventre. Car ils les font aller long comme un vouge : et souvent cuidans peter ils se conchient, d'ond sont nommez les cuideurs de vendanges. A leur requête ne furent aucunement enclinez les fouaciers, mais, qui pis est, les outragerent grandement, les appellans trop diteux, brèchedens, plaisans rousseaux, galliers, chienlits, averlans, limes sourdes, faineans, friandeaux, bustarins, talvassiers, rien-ne-vaux, rustres, challans, hapelopins, trainegaines, gentils floquets, copieux, landores, malotrus, dandins, beaugears, tezez, gaubregeux, goguelus, claquedens, bouiers d'étrous, bergers de merde : et autres tels épithetes diffamatoires, ajoutans que point à eux n'appartenoit manger de ces belles fouaces ; mais qu'ils se devoient contenter de gros pain ballé, et de tourte.

Auquel outrage un d'entre eux nommé Forgier, bien honnête homme de sa personne, et notable bachelier, répondit doucement :

— Depuis quand avez-vous pris cornes, qu'êtes tant rogues devenus ? Dea ! vous nous en souliez volontiers bailler, et maintenant y refusez ? Ce n'est fait de bons voisins et ainsi ne vous faisons-nous, quand venez ici acheter nôtre beau froment duquel vous faites vos gâteaux et fouaces : encore par le marché vous eussions-nous donné de nos raisins : mais par la merde vous en pourrez repentir, et aurez quelque jour affaire de nous, lors nous ferons envers vous à la pareille, et vous en souvienne.

Adoncques Marquet, grand bâtonnier de la confrérie des fouaciers, lui dit :

— Vrayement tu es bien acrêté à ce matin, tu mangeas hersoir, trop de mil. Vien çà, vien çà, je te donneray de ma fouace.

Lors Forgier en toute simplesse approcha, tirant un onzain de son baudrier, pensant que Marquet lui dût dépêcher de ses fouaces : mais il lui bailla de son fouet à travers les jambes, si rudement que les nouds y apparroissoient : puis voulut gagner à la fuite ; mais Forgier s'écria au meurtre et à la force, tant qu'il put, ensemble lui jetta un gros tribard qu'il portoit sous son aisselle, et l'atteint par la jointure coronale de la tête, sur l'artere crotaphique, du côté dextre : en telle sorte que Marquet tomba de sa jument : mieux semblant homme mort que vif.

Cependant les métaiers, qui la auprés challoient les noix, accoururent avec leurs grandes gaules et frappèrent sus ces fouaciers comme sus seigle verd. Les autres bergers et bergeres, oyans le cry de Forgier, y vindrent avec leurs fondes et brassiers, et les suivirent à grands coups de pierres tant menus qu'il sembloit que ce fût grêle. Finalement les aconçurent, et ôtèrent de leurs fouaces environ quatre ou cinq douzaines, toutefois ils les payèrent au prix accoûtumé, et leur donnerent un cent de quecas, et trois pannerées de francs aubiers. Puis les fouaciers aiderent à monter à Marquet, qui étoit vilainement blessé, et retournèrent à Lerne sans poursuivre le chemin de Pareillé : menaçans fort et ferme les bouviers, bergers, métaiers de Seuillé et de Sinays. Ce fait, et bergers et bergeres firent chere lie avecques ces fouaces et beaux raisins, et se rigolerent ensemble au son de la belle bouzine : se moquans de ces beaux fouaclers glorieux qui avoient trouvé mal-encontre, par faute de s'être signez de la bonne main au matin. Et avecques gros raisins chenins étuverent les jambes de Forgier mignonnement, si bien qu'il fût tantôt guery.

CHAPITRE XXVI

Comment les habitants de Lerne, par le commandement de Picrochole, leur roy, assaillirent au dépourvû les bergers de Gargantua.

Les fouaciers retournez à Lerne, soudain devant boire ny manger, se transporterent au capitoly, et là devant leur roy nommé Picro-chole, tiers de ce nom, proposerent leur complainte, montrans leurs paniers rompus, leurs bonnets foupis, leurs robes déchirées, leurs fouaces détroussées, et singulièrement Marquet blessé énormement, disans le tout avoir été fait par les bergers et métaiers de Grandgousier, près le grand quarroy par dela Seuillé.

Lequel incontinent entra en courroux furieux, et sans plus outre s'interroger quoy ni comment, fit crier par son païs ban et arrière-ban, et qu'un chacun, sus peine de la hart, convînt en armes en la grande place devant le château, à heure de midi.

Pour mieux confirmer son entreprise, envoia sonner le tabourin à l'entour de la ville, lui-même, cependant qu'on apprêtoit son dîner, alla faire affuster son artillerie, déployer son enseigne et oriflant, et charger force munitions, tant de harnois d'armes que de gueule.

En dînant bailla les commissions : et fut par son édit constitué le seigneur Trepelu sus l'avant-garde : en laquelle furent comptez seize mille quatorze hacquebutiers, trente mille et onze avanturiers. A l'artillerie fut commis le grand écuier Touquedillon : en laquelle furent comptées neuf cens quatorze grosses pièces de bronze, en canons, doubles canons, baselles, serpentines, coulevrines, bombardes, faucons, passe-volants, spiroles et autres pièces. L'arriegarde fut baillée au duc Raquedenare.

En la bataille se tint le roy et les princes de son royaume. Ainsi sommairement acoustrez, devant que se mettre en voie, envoierent trois cents chevaux legers sous la conduite du capitaine Engoulevent, pour découvrir le païs, et sçavoir si embûche aucune étoit par la contrée. Mais après avoir diligemment recherché, trouvèrent tout le païs à l'environ en paix et silence, sans assemblée quelconque.

Ce qu'entendant Picrochole, commanda qu'un chacun marchât sous son enseigne hâtivement.

Adoncques sans ordre et mesure prindrent les champs les uns parmi les autres, gatans et dissipans tout par où ils passoient, sans épargner ny povre ny riche, ny lieu sacré, ny profane ; emmenoient bœufs et vaches, taureaux, veaux, genisses, brebis, moutons, chevres et boucs, poulles, chapons, poulets, oisons, jars, oyes, porcs, truies, gourrets ; abattans les noix, vendangeans les vignes, emportans les seps, coullans tous les fruits des arbres.

C'étoit un disordre incomparable de ce qu'ils faisoient. Et ne trouvèrent personne qui leur résistât : mais un chacun se mettoit à leur mercy, les supplians être traitez plus humainement, en consideration de ce qu'ils avoient de tous temps été bons et amiables voisins, et que jamais envers eux ne commirent excès ny outrage, pour ainsi soudainement être par iceux mal vexez, et que Dieu les en puniroit de brief. Esquelles remontrances rien plus ne repondoient, sinon qu'ils leur vouloient aprendre à manger de la fouace.

CHAPITRE XXVII

Comment un moine de Seuillé sauva le clos de l'abbaye du sac des ennemis.

Tant firent et tracasserent, pillans et laronnans qu'ils arriverent à Seuillé, et détrousserent hommes et femmes, et prindrent ce qu'ils purent. Rien ne leur fut ne trop chaud ne trop pesant. Combien que la peste y fût par la plus grande part des maisons, ils entroient par tout, ravissoient tout ce qui étoit dedans, et jamais nul n'en prit danger, qui est cas assez merveilleux. Car les curez, vicaires, prêcheurs, médecins, chirurgiens et apothicaires, qui alloient visiter, penser, guérir, prêcher et admonester les malades, étoient tous morts de l'infection. et ces diables pilleurs et meurtriers oncques n'y prindrent mal. D'ond vient cela, Messieurs? pensez-y, je vous prie.

Le bourg ainsi pillé, se transporterent en l'abbaye avec horrible tumulte, mais la retrouverent bien resserrée et fermée; d'ond l'armée principale marcha outre vers le gué de Vede, exceptoz sept enseignes de gens de pied, et deux cens lances qui là resterent, et rompirent les murailles du clos afin de gâter toute la vendange.

Les povres diables de moines ne sçavoient auquel de leurs saints se voüer, à toutes avantures firent sonner *ad capitulum capitulantes*. Là fut decre'é qu'ils feroient une belle procession renforcée de beaux préchans et litanies *contra hostium insidias*, et beaux respons *pro pace*.

En l'abbaye étoit pour lors un moyne claustrier, nommé frère Jean des Entommeures, jeune, galant, frisque, dehait, bien à dextre, hardi, avantureux, délibéré, haut, maigre, bien fendu de gueule, bien avantagé en nez, beau dépêcheur d'heures, beau desbrideur de messes, beau descroteur de vigiles. Pour tout dire sommairement, vray moyne si oncques en fut depuis que le monde moynant moyna de moynerie. Au reste : clerc jusques aux dens en matiere de breviaire.

Icelui, entendant le bruit que faisoient les ennemis par le clos de leur vigne, sortit hors pour voir ce qu'ils faisoient. Et avisant qu'ils vendangeoient leur clos auquel étoit leur boire de tout l'an fondé, retourne au chœur de l'église, où étoient les autres moynes tous étonnez comme fondeurs de cloches, lesquels voyant chanter, *im, im, pe, e, e, e, e, e, tum, um, in, i, ni, i, mi, co, o, o, o, o, o, rum, um*.

— C'est, dit-il, bien chié chanté. Vertu Dieu, que ne chantez-vous : « Adieu paniers, vendanges sont faites. » Je me donne au diable, s'ils ne sont en notre clos, et tant bien coupent et seps et raisins, qu'il n'y aura pas le corps Dieu de quatre années que halleboter dedans. Ventre saint Jacques! que boirons nous cependant, nous autres povres diables? Seigneur Dieu, *da mihi potum*.

Lors dit le prieur claustral :

— Que fera cet ivrogne ici ? Qu'on me le mene en prison : troubler ainsi le service divin !

— Mais, dit le moine, le service du vin : faisons tant qu'il ne soit troublé, car vous-même, monsieur le prieur, aimez boire du meilleur, si fait tout homme de bien. Jamais homme noble ne hait le bon vin, c'est un apophthegme monacal. Mais ces répons que chantez ici ne sont par Dieu point de saison. Pourquoy sont nos heures en temps de moissons et vendanges coutes, en l'Avent et tout hyver longues ? Feu de bonne memoire frere Macé Pelosse, vray zelateur, ou je me donne au diable, de notre religion, me dit, il m'en souvient, que la raison étoit afin qu'en celte saison nous fassions bien serrer et faire le bon vin, et qu'en hyver nous le humions. Ecoutez, messieurs, vous autres, qui aimez le vin, le corps Dieu si me suivez : car hardiment que saint Antoine m'arde si ceux tâtent du piot qui n'auront secouru la vigne. Ventre Dieu, les biens de l'église ! ha non, non. Diable, saint Thomas l'Anglois voulut bien pour iceux mourir, si j'y mourois, ne serois je saint de même ? Je n'y mourray jà pourtant : car c'est moy qui le fais és autres.

Ce disant, mit bas son grand habit, et se saisit du bâton de la croix qui étoit de cœur de cormier, long comme une lance, rond à plein poing, et quelque peu semé de fleurs de lys tout presque effacées ; ainsi sortit en beau sayon, mit son froc en écharpe, et de son bâton de la croix donna si brusquement sus ses ennemis, qui sans ordre ny enseigne, ny trompette, ny tabourin, parmi le clos vendangeoient. Car les porteguidons et portenseignes avoient mis leurs guidons et enseignes l'orée des murs, les tabourineurs avoient défoncé leurs tabourins d'un cô é, pour les emplir de raisains, les trompettes étoient chargées de moissines : chacun était défrayé. Il choqua doncques si roidement sus eux, sans dire gare, qu'il les renversoit comme porcs, frappant à tors et à travers à la vieille escrime. Aux uns escarboüilloit la cervelle, aux autres rompoit bras et jambes, aux autres délochoit les spondiles du col, aux autres démouloit les reins, avalloit le nez, pochoit les yeux, fendoit les mandibules, enfonçoit les dents en la gueule, décroulloit les omoplates, sphaceloit les greves, dégondoit les ischies, debezilloit les faucilles. Si quelqu'un se vouloit cacher entre les seps plus épais, à icelui froissoit toute l'arête du dos et l'érenoit comme un chien. Si aucun sauver se vouloit en fuiant, à icelui faisoit voler la tête en pièces par la commissure lambdoïde. Si quelqu'un gravoit en un arbre, pensant y être en sûreté, icelui de son bâton empaloit par le fondement. Si quelqu'un de sa vieille connoissance lui crioit :

— Ha, frere Jean, mon ami, frere Jean, je me rends.

— Il t'est, disoit-il, bien force. Mais ensemble tu rendras l'âme à tous les diables.

Et soudain lui donnoit dronos. Et si personne tant fut épris de temerité qui lui voulût resister en face, là montroit-il la force de ses muscres. Car il leur transperçoit la poitrine par le mediastin et par le cœur : à d'autres donnant sur la faute des côtes, leur subvertissoit l'estomac, et mouroient soudainement : aux autres tant fièrement frappoit par le nombril, qui leur faisoit sortir les trippes : aux autres parmi les coüillons perçoit le boiau culier.

Croyez que c'étoit le plus horrible spectacle qu'on vit oncques.

Les uns crioient : « Sainte Barbe ; » les autres, « saint George ; » les autres, « sainte Nytouche ; » les autres, « Nôtre-Dame de Cunaut, de Laurette, de Bonnes-Nouvelles, de la Lenou, de Riviere. » Les uns se voüoient à saint Jacques ; les autres au saint suaire de Chambery, mais il brûla trois mois aprés si bien qu'on n'en put sauver un seul brin ; les autres à Cadoüin ; les autres à saint Jean d'Angely ; les autres à saint Eutrope de Xaintes, à saint Mesmes de Chinon, à saint Martin de Candes, à saint Cloüaud de Sinays ; aux reliques de Laurezay, et mille autres bons petits saints.

Les uns mouroient sans parler. Les autres parloient sans mourir. Les uns se mouroient en parlant. Les autres parloient en mourant. Les autres crioient à haute voix : « Confession, confession, *Confiteor, Miserere, in manus.* »

Tant fut grand le cry des navrez que le prieur de l'abbaye avec tous ses moines sortirent. Lesquels, quand aperçûrent ces povres gens ainsi tuez parmi la vigne et blessez à mort, en confesserent quelques-uns.

Mais cependant que les prêtres s'amusoient à confesser, les petits moinetons coururent au lieu où étoit frere Jean, et lui demanderent en quoy il vouloit qu'ils lui aidassent.

A quoy répondit, qu'ils égorgetassent ceux qui étoient portez par terre.

Adoncques laissans leurs grandes cappes sus une treille, au plus prés, commencerent égorgeter et achever ceux qu'il avoit déjà meurtris. Sçavez-vous de quels ferrements ? A beaux gouvets, qui sont petits demy-couteaux dont les petits enfants de nôtre païs cernent les noix. Puis, à tout son bâton de croix gagnu la brèche qu'avoient faite les ennemis. Aucuns des moinetons emporterent les enseignes et guidons en leurs chambres pour en faire des jarretieres. Mais, quand ceux qui s'étoient confessez voulurent sortirent par icelle brèche, le moine les assommoit de coups, disant :

— Ceux-ci sont confessez et repentans et ont gagné les pardons ; ils s'en vont en paradis aussi droit comme une faucille, et comme est le chemin de Faye.

Ainsi par par sa proüesse furent déconfits tous ceux de l'armée qui étoient entrez dedans le clos, jusques au nombre de treize mille six cents vingt et deux, sans les femmes et petits enfans, cela s'entend toûjours. Jamais Maugis, hermite, ne se porta si vaillamment à tout son bourdon contre les Sarrasins, desquels est écrit és gestes des quatre fils Aymon, comme fit le moine à l'encontre des ennemis, avec le bâton de la croix.

CHAPITRE XXVIII

Comment Picrochole prit d'assaut la Roche-Clermaud, et le regret et difficulté que fit Grandgousier d'entreprendre guerre.

Cependant que le moine s'escarmouchoit, comme nous avons dit, contre ceux qui étoient entrez dans le clos, Picrochole à grande hâtivité passa le gué de Vede avec ses gens, et assaillirent la Roche-

Clermaud, auquel lieu ne lui fut faite aucune resistance quelconque ; et parce qu'il étoit jà nuit, delibera en icelle ville s'héberger soi et ses gens et rafraîchir de sa colère pungitive. Au matin, prit d'assaut les boulevards et château, et le rempara très-bien, et le pourvût de munitions réquises, pensant là faire sa retraite, si d'ailleurs étoit assailli. Car le lieu étoit fort, et par art et par nature, à cause de la situation et assiete.

Or laissons les là et retournons à notre bon Gargantua, qui est à Paris, bien instant à l'étude des bonnes lettres et exercitations athlétiques, et le vieil bonhomme Grandgousier son pere, qui après souper se chauffe les couilles à un beau clair et grand feu, et, attendant graisler des châtaignes, écrit au foyer avec un bâton brûlé d'un bout, dont on escharbotte le feu, faisant à sa femme et famille de beaux contes du temps jadis.

Un des bergers qui gardoient les vignes, nommé Pillot, se transporta devers lui en icelle heure, et raconta entierement les excez et pillages que faisoit Picrochole, roy de Lerne, en ses terres et domaines, et comment il avoit pillé, gâté, saccagé tout le païs, excepté le clos de Seuillé que frere Jean des Entommeures avoit sauvé à son honneur : et de présent étoit le dit roy en la Roche-Clermaud, et là en grande instance se remparoit lui et ses gens.

— Holos, holos, dit Grandgousier, qu'est ceci, bonnes gens ? Songé-je, ou si vray est ce qu'on me dit ? Picrochole, mon ami ancien de tout temps, de toute race et alliance, me vient il assaillir ? Qui le meut ? qui le point ? qui le conduit ? qui l'a ainsi conseillé ? Ho, ho, ho, ho, ho ! mon Dieu, mon Sauveur, aide-moy, inspire-moy, conseille-moy à ce qu'est de faire. Je proteste, je jure devant toy, ainsi me sois-tu favorable, si jamais à lui déplaisir, ny à ses gens dommage, ny en ses terres je fis pillerie : mais bien au contraire, je l'ai secouru de gens, d'argent, et faveur, et de conseil en tous cas qu'ay pû connoître son avantage. Qu'il m'ait donc en ce point outragé, ce ne peut être que par l'esprit malin. Bon Dieu, tu connois mon courage, car à toy rien ne peut être celé. Si par cas il étoit devenu furieux, et que pour lui rehabiliter son cerveau tu me l'eusses ici envoyé, donne-moy et pouvoir et sçavoir le rendre au joug de ton saint vouloir par bonne discipline. Ho, ho, ho, mes bonnes gens, mes amis, et mes féaux serviteurs, faudra-t il que je vous empêche à m'y aider ? Las! ma vieillesse ne requeroit dorénavant que repos, et toute ma vie n'ay rien tant procuré que paix : mais il faut, je le voy bien, que maintenant de harnois je charge mes povres épaules lasses et foibles, et en ma main tremblante je prenne la lance et la masse pour secourir et garantir mes povres sujets. La raison le veut ainsi : car de leur labeur je suis entretenu, et de leur sueur je suis nourry, moy, et mes enfants et ma famille. Ce nonobstant, je n'entreprendray guerre que je n'aye essayé tous les arts et moyens de paix, là je me resouls.

Adoncques fit convoquer son conseil et proposa l'affaire tel comme il étoit. Et fut conclu qu'on envoieroit quelque homme prudent devers Picrochole, sçavoir pourquoi ainsi soudainement étoit parti de son repos, et envahy les terres, esquelles n'avoit droit quelconque.

Davantage qu'on en vo[u]t querir Gargantua et ses gens, afin de maintenir le païs, et defendre à ce besoin. Le tout plut à Grandgousier, et commanda qu'ainsi fut fait. Doncques sur l'heure envoïa le Basque, son laquais, querir à toute diligence Gargantua. Et lui écrivit comme s'ensuit :

CHAPITRE XXIX

Le teneur des lettres que Grandgousier écrivoit à Gargantua.

« La ferveur de tes études raqueroit que de longtemps ne te revocasse de cettui philosophique repos, si la confiance de nos amis et confederez n'eût de present frustré la seureté de ma vieillesse. Mais puisque telle est cette fatale destinée. que par iceux soye inquieté, esquels plus je me reposois. force m'est te rappeler au subside des gens et bien qui te sont par droit naturel affiez. Car ainsi comme debiles sont les armes au dehors, si le conseil n'est en la maison : aussi vaine est l'étude, et le conseil inutile, qui en temps opportun par vertu n'est exécuté, et à son effet réduit. Ma déliberation n'est de provoquer, ains d'appaiser; d'assaillir, mais de défendre; de conquêter, mais de garder mes féaux sujets et terres hereditaires. Esquelles est hostilement entré Picrochole, sans cause ni occasion et de jour en jour poursuit sa furieuse entreprise, avec excez non tolerables à personnes libres.

« Je me suis en devoir mis pour moderer sa colere tyrannique, lui offrant tout ce que je pensois pouvoir être en contentement : et par plusieurs fois ay envoyé amiablement devers lui pour entendre en quoi, par qui, et comment il se sentoit outragé; mais de luy n'ay eu réponse que de volontaire défiance, et qu'en mes terres prétendoit seulement droit de bien seance. Dont j'ay connu que Dieu éternel l'a laissé au gouvernail de son franc arbitre et propre sens, qui ne peut être que méchant, si par grace divine n'est continuellement guidé : et pour le contenir en office, et reduire à ma connoissance me l'a ici envié à molestes enseignes. Pourtant, mon fils bien-aimé, le plus tôt que faire pourras, ces lettres vûes, retourne en diligence secourir, non tant moy, ce que toutefois par pitié naturellement tu dois, que les tiens, lesquels par raison tu peux sauver et garder. L'exploit sera fait à moindre effusion de sang qu'il sera possible. Et si possible est par engins plus expediens, cauteles, et ruses de guerre, nous sauverons toutes les ames, et les envoierons joyeux à leurs domiciles. Trés-cher fils, la paix de Christ nôtre Redempteur soit avec toi. Salu[ë] Ponocrates, Gymnaste, et Eudemon de par moy.

« Du vingtième de septembre.

« Ton pere,

« GRANDGOUSIER. »

CHAPITRE XXX

Comment Ulrich Gallet fut envoyé devers Picrochole.

Les lettres dictées et signées, Grandgousier ordonna qu'Ulrich Gallet, maitre de ses réquêtes, homme sage et discret, duquel en di-

vers et contencieus affaires il avoit éprouvé la vertu et bon avi,
allât vers Picrochole, pour lui remontrer ce que par eux avoit été
décrété. En celle heure partit le bon homme Gallet, et passé le gué
demanda au mûnier de l'état de Picrochole : lequel lui fit réponse,
que ses gens ne lui avoient laissé ny coq, ny geline, et qu'ils
s'étoient enserrez en la Roche-Clermaut, et qu'il ne lui conseilloit
point de proceder outre, dé peur du guet ; car leur fureur étoit
énorme. Ce que facilement il crut, et pour celle nuit hebergea avecques le mûnier.

Au lendemain matin, se transporta, avecques la trompette, à la
porte du château, et requit és gardes qu'ils le fissent parler au roy
pour son profit.

Les paroles annoncées au roy, ne consentit aucunement qu'on lui
ouvrît la porte, mais se transporta sur le boulevard, et dit à l'ambassadeur :

— Qu'y a-t-il de nouveau ? que voulez-vous dire ?

Adoncques l'ambassadeur proposa comme s'ensuit.

CHAPITRE XXXI

La harangue faite par Gallet à Picrochole.

« Plus juste cause de douleur naître ne peut entre les humains,
que si, du lieu d'ond par droiture esperoient grace et benevolence,
ils reçoivent ennuy et dommage. Et non sans cause, combien que
sans raison, plusieurs venus en tel accident, ont cette indignité
moins estimé tolerable que leur vie propre, et en cas que par force
ny autre engin, ne l'ont pû corriger, se sont eux-mêmes privés de
cette lumiere.

« Doncques merveilles n'est si le roi Grandgousier mon maître
est, à ta furieuse et hostile venuë, saisi de grand déplaisir et per-
turbé en son entendement : merveille seroit si ne l'avoient emû les
excez incomparables qui en ses terres et sujets ont été par toy et tes
gens commis, esquels n'a été omis exemple aucun d'inhumanité. Ce
que lui est tant grief de soi, par la cordiale affection de laquelle toujours a chery ses sujets, qu'à mortel homme plus être ne sçauroit,
Toutefois sur l'estimation humaine plus grief lui est, en tant que par
toi et les tiens ont été ces griefs et torts faits : qui de toute memoire et ancienneté aviez toy et tes peres une amitié avecques lui,
et tous ses ancêtres conçuë, laquelle jusques à présent, comme
sacrée, ensemble aviez inviolablement maintenuë, gardée et entre-
tenue, si bien que non lui seulement ni les siens, mais les nations
barbares, Poitevins, Bretons, Manseaux, et ceux qui habitent outre
les isles de Canare et Isabella, ont estimé aussi facile de molir le
firmament et les abîmes érigés au-dessus des nuës, que desemparer
vôtre alliance : et tant l'ont redoutée en leurs entreprises, qui n'ont
jamais osé provoquer, irriter, ni endommager l'un par crainte de
l'autre.

« Plus y a. Cette sacrée amitié tant a empli le ciel, que peu de
gens sont aujourd'hui habitans par tout le continent et isles de
l'Ocean, qui n'ayent ombitieusement aspiré être reçûs en icelle, à

act p r vous m mes c   I l ñn z l'autant estimais votre c ñsi-
ération que leur propres terres et domaines. En sorte que, de toute
mémoire, n'a été prince ny ligue tant effrée, ou superbe, qui ait osé
courir sus, je ne dy point vos terres, mais celles de vos confederez.
Et si par conseil précipité ont encontre eux attenté quelque cas
de nouvelleté, le nom et titre de vôtre alliance entendu, ont soudain désisté de leurs entreprises.

« Quelle furie doncques l'émeut maintenant, toute alliance brisée,
toute amitié conculquée, tout droit trépassé, envahir hostillement ses
terres, sans en rien avoir été par luy ny les siens endommagé, irrité,
ny provoqué? Où est foy? où est loy? où est raison? où est humanité? où est crainte de Dieu? Cuides-tu ces outrages être recelez és
esprits éternels, et au Dieu souverain, qui est juste retributeur de
nos entreprises? Si le cuides, tu te trompes : car toutes choses vien-
dront à son jugement. Sont ce fatales destinées, ou influences des
astres qui veulent mettre fin à tes aises et repos? Ainsi ont toutes
choses leur fin et periode. Et quand elles sont venues à leur point
superlatif, elles sont en bas ruinées : car elles ne peuvent longtemps
en tel état demeurer. C'est la fin de ceux qui leurs fortunes et pros-
peritez ne peuvent par raison et temperance moderer.

« Mais si ainsi étoit fcé, et dût ores ton heur et repos prendre fin,
falloit-il que ce fût en incommodant à mon roy? celui par lequel tu
étois étably? Si ta maison devoit nutñer, falloit-il qu'en sa ruine elle
tombât sur les âtres de celui qui l'avait aornée? La chose est tant
hors les metes de raison, tant abhorrente de sens commun, qu'à
peine peut-elle être par humain entendement conçue : et jusques à
ce demourera non croyable entre les étrangiers, que l'effet asseuré
et témoigné leur donne à entendre que rien n'est ny sain, ni sacré
à ceux qui se sont émancipez de Dieu et raison, pour suivre leurs
affections perverses.

« Si quelque tort eût été par nous fait en tes sujets et domaines,
si par nous eût été porté faveur à tes malvoulez, si en tes affaires ne
t'eussions secouru, si par nous ton nom et honneur eût été blessé, ou
pour mieux dire, si l'esprit calomniateur, tentant à mal te tirer, eût
par fallaces especes, et phantasmes ludificatoires, mis en ton entendement que envers toy eussions fait chose non digne de notre an-
cienne amitié, tu devois premier enquerir de la verité, puis nous en
admonester. Et nous eussions tant à ton gré satisfait, que eusses eu
occasion de toy contenter. Mais, ô Dieu éternel, quelle est ton
entreprinse? Voudrois-tu, comme tyran perfide, piller ainsi et dissi-
per le royaume de mon maître? L'as-tu éprouvé tant ignave et stu-
pide, qu'il ne voulût : ou tant destitué de gens, d'argent, de conseil, et d'art militaire, qu'il ne pût resister à tes iniques assaults?
Dépars d'ici présentement, et demain pour tout le jour sois retiré en
tes terres, sans par le chemin faire aucun tumulte ne force. Et payé
mille bezans d'or pour les dommages qu'as fait en ses terres. La
moitié bailleras demain, l'autre moitié payeras és idées de may pro-
chainement venant : nous délaissant cependant pour outages les ducs
de Tournemole, de Basdefesses et de Menuail, ensemble le prince
de Gratelles, et le vicomte de Morpiaille. »

CHAPITRE XXXII

Comment Grandgousier, pour acheter paix, fit rendre les fouaces.

A tant se tut le bon homme Gallet : mais Picrochole à tous ses propos ne répond autres choses, sinon :

— Venez les querir, venez les querir. Ils ont belle couille et moulle. Ils vous brayeront de la fouace.

Adoncques retourne vers Grandgousier, lequel trouva à genous, tête nue, encliné en un petit coin de son cabinet, priant Dieu qu'il voulsit amollir la colere de Picrochole, et le mettre au point de raison sans y proceder par force. Quand vid le bon homme de retour, il luy demanda :

— Ha ! mon amy, mon amy, quelles nouvelles m'apportez-vous ?

— Il n'y a, dit Gallet, ordre : cet homme est de tout hors du sens et délaissé de Dieu.

— Voire mais, dit Grandgousier, mon ami, quelle cause prétend il de cet excés ?

— Il ne m'a, dit Gallet, cause quelconque exposé : sinon qu'il m'a dit en colere quelques mots de fouaces. Je ne sçay si l'on n'auroit point fait outrage à ses fouaciers.

— Je le veux, dit Grandgousier, bien entendre devant qu'autre chose délibérer sus ce que seroit de faire.

Alors manda sçavoir de cette affaire : et trouva pour vray qu'on avoit prins par force quelques fouaces de ses gens, et que Marquet avoit un coup de tribard sur la tête. Toutefois que le tout avoit été bien payé, et que ledit Marquet avoit premier blessé Forgier de son fouet par les jambes. Et sembla à tout son conseil qu'en toute force il se devoit défendre.

— Ce nonobstant, dit Grangousier, puis qu'il n'est question que de fouaces, j'essayeray le contenter, car il me déplait par trop de lever guerre.

Adoncques s'enquêta combien on avoit prins de fouaces, et entendant quatre ou cinq douzaines, commanda qu'on en fit cinq charretées en icelle nuit, et que l'une fût de fouaces faites à beau beurre, beaux moyeux d'œufs, beau saffran, et belles épices pour être distribuées à Marquet, et que pour ses intérêts il lui donnait sept cens mille et trois philippus pour payer les barbiers qui l'auroient pansé; et d'abondant luy donnoit métairie de la Pomardiere à perpetuité franche pour lui et les siens. Pour le tout conduire et passer fut envoyé Gallet. Lequel par le chemin, fut cueillir prés de la saulole force grands rameaux de cannes et roseaux, et en fit armer, autour leurs charettes, et chacun des chartiers. Lui-même en tint un en sa main : par ce voulant donner à connoître qu'ils ne demandoient que paix, et qu'ils venoient pour l'achepter.

Eux venus à la porte requierent parler à Picrochole de par Grandgousier. Picrochole ne voulut oncques les laisser entrer, ny aller à eux parler, et leur manda qu'il étoit empêché, mais qu'ils dissent ce qu'ils voudroient au capitaine Touquedillon, lequel affutoit quelque piece sur les murailles.

Adoncques luy dit le bon homme :

— Seigneur, pour vous retirer de tout ce debat et ôter tout excuse que ne retournez en nôtre premiere alliance, nous vous rendons presentement les fouaces dont est la controverse. Cinq douzaines en prindrent nos gens : elles furent tres-bien payées : nous aimons tant la paix que nous en rendons cinq charetées : desquelles cette ici sera pour Marquet qui plus se plaint. Davantage pour le contenter entierement, voila sept cens mille et trois philippus que je lui livre, et pour l'intérêt qu'il pourroit prétendre, je lui cede la métairie de la Pomardiere à perpetuité, pour lui et les siens, possedable en franc alloy, voyez le contract de la transaction. Et pour Dieu vivons dorénavant en paix, et vous retirez en vos terres joyeusement : dedans cette place ici, en laquelle n'avez droit quelconque comme bien le confessez. Et amis comme auparavant.

Touquedillon raconta le tout à Picrochole, et de plus en plus envenima son courage, lui disant :

— Ces rustres ont belle peur. Par Dieu ! Grandgousier se conchie, le povre bûveur ! ce n'est son art aller en guerre, mais ouy bien vuider les flaccons. Je suis d'opinion que retenons ces fouaces et l'argent, et au reste nous hâtons de remparer ici et poursuivre nôtre fortune. Mais pensont-ils bien avoir affaire à une dupe, de vous paître de ces fouaces : voilà que c'est, le bon traitement et la grande familiarité que leur avez par cy-devant tenuë vous ont rendu envers eux contemptible. Oignez vilain, il vous poindra. Poignez vilain, il vous oindra.

— Ça, ça, ça, dit Picrochole, saint Jacques, ils en auront : faites ainsi que vous avez dit.

— D'une chose, dit Touquedillon, vous veux-je avertir. Nous sommes ici assez mal avitaillez, et pourvus maigrement des harnois de gueule. Si Grandgousier nous mettoit siege, dès à present m'en irois faire arracher les dens toutes, seulement que trois me restassent, autant à vos gens comme à moy, avec icelles nous n'avancerons que trop à manger nos munitions.

— Non, dit Picrochole, n'aurons que trop de mangeailles. Sommes-nous ici pour manger ou pour batailler ?

— Pour batailler vrayement, dit Touquedillon. Mais de la panse vient la danse. Et où faim regne, force exuler

— Tant jaser ! dit Picrochole. Saisissez ce qu'ils ont amené.

Adoncques prindrent argent, et fouaces, et bœufs, et charettes, et les renvoyerent sans mot dire, si non que plus n'approchassent de si prés pour la cause qu'on leur diroit demain.

Ainsi sans rien faire retournerent devers Grandgousier, et lui conterent le tout : ajoûtans qu'il n'étoit aucun espoir de les tirer à paix, sinon à vive et forte guerre.

CHAPITRE XXXIII

Comment certains gouverneurs de Picrochole, par conseil précipité, le mirent au dernier peril.

Les fouaces détroussées, comparurent devant Picrochole le duc de Menuail, comte Spadassin, et capitaine Merdaille, et lui dirent :

— Sire, aujourd'hui nous vous rendons le plus heureux, le plus chevaleureux prince qui oncques fut depuis la mort d'Alexandre Macedo.

— Couvrez, couvrez-vous, dit Picrochole.

— Grand merci, dirent-ils. Sire, nous sommes à nôtre devoir. Le moyen est tel. Vous laisserez ici quelque capitaine en garnison avec petite bande de gens, pour garder la place, laquelle nous semble assez forte tant par nature que par les remparts faits à vôtre invention. Votre armée partirez en deux, comme trop mieux l'entendez. L'une partie ira ruer sur ce Grandgousier et ses gens. Par icelle sera de prime abordée facilement déconfit. Là recouvrerez argent à tas. Car le vilain en a du content. Vilain, disons-nous, parce qu'un noble prince n'a jamais un sou. Thesauriser est fait de vilain. L'autre partie cependant tirera vers Aunis, Saintonge, Angoumois, et Gascogne : ensemble Perigort, Medoc, et Elanes. Sans resistance prendront villes, châteaux et forteresses. A Bayonne, à Saint-Jean de Lus et Fontarabie, saisirez toutes les naufs, et, côtoyans vers Galice et Portugal, pillerez tous les lieux maritimes, jusques à Lisbonne où aurez renfort de tout équipage requis à un conquerant. Par la corbieu ! Espagne se rendra : car ne sont que madourrez. Vous passerez par l'étroit de Sibylle, et la érigerez deux colonnes plus magnifiques que celles d'Hercules, à perpétuelle mémoire de vôtre nom. Et sera nommé celui détroit la mer Picrocholine. Passée la mer Picrocholine, voici Barberousse qui se rend vôtre esclave.

— Je, dit Picrochole, le prendray à mercy.

— Voire, dirent ils, pourvu qu'il se fasse baptiser. Et oppugnerez les royaumes de Tunis, de Hippes, Argiere, Bone, Corone, hardiment toute Barbarie. Passant outre, retiendrez en votre main Majorqne, Minorque, Sardaigae, Corsique, et autres isles de la mer Ligustique et Baleare. Côtoyant à gauche, dominerez toute la Gaule narboniche, Provence et Allobroges, Genes, Florence, Lucques, et à Dieu seas Rome. Le povre monsieur du pape meurt déjà de peur.

— Par ma foy, dit Picrochole, je ne luy baiseray jà sa pantoufle.

— Prinse Italie, voilà Naples, Calabre, Apouilla et Sicile toutes à sac, et Malthe avecques. Je voudrois bien que les plaisans chevaliers jadis Rhodiens vous resistassent, pour voir de leur urine.

— J'irois, dit Picrochole, volontiers à Lorette.

— Rien, rien, dirent-ils, ce sera au retour. De là prendrons Candie, Cypre, Rhodes, et les isles Cyclades, et donnerons sur la Morée. Nous la tenons, Saint Treignan, Dieu gard Hierusalem, car le soudan n'est pas comparable à vôtre puissance.

— Je, dit-il, feray doncques bastir le temple de Salomon.

— Non, dirent-ils encores, attendez un peu : ne soyez jamais tant soudain à vos entreprinses. Sçavez-vous que disoit Octavian Auguste? *Festina lente.* Il vous convient premièrement avoir l'Asie minor, Carie, Lycie, Pamphilie, Cilicie, Lydie, Phrygie, Mysie, Betune, Charazie, Satalie, Samagerie, Castamena, Luga, Savastra, jusques à Euphrates.

— Voirons-nous, dit Picrochole, Babylone, et le mont Sihai ?

— Il n'est, dirent-ils, pas besoin pour cette heure. N'est-ce pas

assez tracassé, d'avoir transfreté la mer Hircane, chevauché les deux
Armenies, et les trois Arabies ?

— Par ma Foy, dit-il, nous sommes affollez. Ha ! povres gens !

— Quoi ? dirent-ils.

— Que boirons-nous par ces deserts ? Car Julien Auguste et tout
sont ost y moururent de soif, comme l'on dit.

— Nous, dirent-ils, avons jà donné ordre à tout. Par la mer Sy-
riace vous avez neuf mille quatorze grandes naufs chargées des meil-
leurs vins du monde, elles arriverent à Japhes. Là se sont trouvez
vingt et deux cens mille chameaux et seize cens elephans, lesquels
avez prins à une chasse environ Sigeilmes, lorsqu'entrâtes en Libye :
et d'abondant eûtes toute la caravane de la Mecha. Ne vous fourni-
rent-ils de vin à suffisance ?

— Voire : mais, dit-il, nous ne bûmes point frais.

— Par la vertu, dirent-ils, non pas d'un petit poisson, un preux,
un coquerant, un prétendant, et aspirant à l'empire univers, ne peut
toujours avoir ses aises. Dieu soit loüé qu'êtes venus vous et vos gens
saufs et entiers jusqu'au fleuve du Tigre.

— Mais, dit-il, que fait cependant la part de nôtre armée qui déconfit ce vilain humeux Grandgousier ?

— Ils ne chôment pas, dirent-ils, nous les reecontrerons tântôt.
Ils vous ont prins Bretagne, Normandie, Haynaut, Brabant, Artoys,
Hollande, Zelande : ils ont passé le Rhin par sus le ventre des
Suisses et Lansquenets, et part d'entre eux ont dompté le Luxem-
bourg, la Lorraine, la Champaigne, Savoye jusqu'à Lion : auquel
lieu ont retrouvé vos garnisons retournans les conquêtes navale de la
mer Mediterranée. Et se sont réassemblez, en Boheme, apres avoir
mis à sac Souëve, Wirtemberg, Bavieres, Autriche, Moravie et Sti-
rie, Puis ont donné fièrement ensemble sus Lurbels, Norwege, Swe-
den, Rich, Dace, Gothie, Engroenland, les Estrelins, jusques à la
mer Glaciale. Ce fait conquêterent les isles Orchades, et subjugue-
rent Ecosse, Angleterre et Irlande. De là, navigans par la mer sabu-
leuse et par les Sarmates, ont vaincu et dompté Prussie, Polonie,
Lituanie, Russie, Valachie, la Transilvanie, Hongrie, Bulgarie, Tur-
quie, et sont à Constantinople.

— Allons nous, dit Picrochole, rendre à eux le plus tôt, car je veux
être aussi empereur de Trebizonde. Ne tuerons-nous pas tous ces
chiens Turcs et Mahumetistes ?

— Que diable, dirent-ils, ferons doncques ? Et donnerez leurs
biens et terres à ceux qui vous auront servy honnêtement.

— La raison, dit-il, le veut, c'est équité. Je vous donne la Carmai-
gne, Syrie, et toute la Palestine.

— Ha, dirent-ils, Sire, c'est du bien de vous, grand mercy. Dieu
vous fasse bien toujours prosperer.

Là present étoit un vieux gentilhomme éprouvé en divers hazards,
et vray routier de guerre, nommé Echephron, lequel oyant ces propos, dit :

— J'ay grand'peur que toute cette entreprinse sera semblable à la
farce du pot au lait, duquel un cordoüannier se faisoit riche par rêverie : puis le pot, cassé, n'eut de quoy dîner. Que prétendez-vous

par ces belles conquêtes ? Quelle sera la fin de tant de travaux et traverses ?

— Sera, dit Picrochole, que nous, retournez, redoserons à nos aises.

— D'ond, dit Echephron, et si par cas jamais n'en retournez ! Car le voyage est long et porilleux. N'es-ce mieux que des maintenant nous reposions, sans nous mettre en ces hazards ?

— O ! dit Spadassin, par Dieu ! voici un bon rêveur : mais allons-nous cacher au coin de la cheminée : et là passons avec les dames nôtre vie et nôtre temps, à enfiler des perles, ou à filer comme Sardanapalus. Qui ne s'aventure, n'a cheval ny mule, ce dit Salomon.

— Qui trop, dit Echephron, s'aventure, perd cheval et mule, répondit Malcon.

— Baste ! dit Picrochole, passons outre. Je ne crains que ces diables de légions de Grandgousier, cependant que nous sommes en Mesopotamie, s'ils nous donnoient sur la queuë, quel remède ?

— Très-bon, dit Merdaille, une belle petite commission, laquelle vous envoyerez aux Moscovites, vous mettra en camp pour un moment quatre cens cinquante mille combattans d'élite. O ! si vous m'y faites vôtre lieutenant, je tueroye un peigne pour un mercier ! Je mors, je ruë, je frappe, j'attrapo, je tuë, je renie.

— Sus, sus, dit Picrochole, qu'on dépêche tout, et qui m'aime si me suive.

CHAPITRE XXXIV

Comment Gargantua laissa la ville de Paris pour secourir son païs, et comment Gymnaste rencontra les ennemis

En cette même heure, Gargantua qui étoit issu de Paris, soudain les lettres de son pere luës, sus sa grande jument venant, avoit jà passé le pont de la Nonnam : lui, Ponochrates, Gymnaste, et Eudemon, qui pour le suivre avoient prins chevaux de poste : le reste de son train venoit à justes journées, amenant tous ses livres et instrumens philosophiques.

Lui, arrivé à Parillé, fut averty par le métaier de Gouguet, comment Picrochole s'étoit remparé à la Roche-Clermaud, et avoit envoyé le capitaine Tripet, avec grosse armée, assaillir le bois de Vede, et Vaugaubry, et qu'ils avoient couru la poulle jusques au pressouër Billard : et que c'étoit chose étrange et difficile à croire des excez qu'ils faisoient par le païs, tant qu'il lui fit peur, et ne sçavoit bien que dire ny que faire.

Mais Ponocrates lui conseilla qu'ils se transportassent vers le seignaur de la Vauguyon, qui de tout temps avoit été leur amy et confédéré, et par lui seroient mieux avisés de tous affaires; ce qu'ils firent incontinent, et le trouverent en bonne déliberation de leur secourir ; et fut d'opinion qu'il envoyeroit quelqu'un de ses gens pour découvrir le païs et sçavoir en quel état étoient les ennemis, afin d'y procéder par conseil prins selon la forme de l'heure presente.

Gymnaste s'offrit d'y aller : mais il fut conclu que pour le meilleur il menât avecques soi quelqu'un qui connût les voyes et détorse, et les rivieres de l'entour.

Adoncques partirent lui et Frolingand, écuyer de Vauguyon, et sans effroy épierent de tous côtez.

Cependant Gargantua se rafraîchit, et reçut quelque peu avecques ses gens, et fit donner à sa jument un picotin d'avoine, c'étoient soixante et quatorze muids trois boisseaux.

Gymnaste et son compagnon tant chevaucherent qu'ils rencontrerent les ennemis tous éparts, et mal en ordre, pillans et dérobans tout ce qu'ils pouvoient, et de tant loin qu'ils l'aperçurent, accoururent sus luy à la foule pour le détrousser. Adoncques il leur cria :

— Messieurs, je suis povre diable : je vous requiers qu'ayez de moy mercy. J'ay encore quelque écu, nous le boirons : car c'est *aurum potabile*, et ce cheval ici sera vendu pour payer ma bienvenue ; cela fait : retenez-moy, des vôtres, car jamais homme ne sçût mieux prendre, larder, rôtir, et apprêter, voire par Dieu démembrer, et gourmander poulle que moy qui suis ici, et pour mon *proficiat*, je boy à tout bons compagnons. Lors découvrit sa ferriere, et

> Sans mettre le nez dedans,
> Bûvoit assez honnêtement.

Les marroufles le regardoient, ouvrans la gueule d'un grand pied, et tirans les langues comme levriers, en attente de boire après : mais Tripet le capitaine sus ce point accourut voir que c'étoit. A luy Gymnaste offrit sa bouteille, disant :

— Tenez, capitaine, bûvez en hardiment, j'en ay fait l'essay, c'est vin de la Faye Monjau.

— Quoy ! dit Tripet, ce gautier ici se gabele de nous. Qui es-tu ?

— Je suis, dit Gymnaste, povre diable.

— Ha, dit Tripet, puisque tu es povre diable, c'est raison que passes outre, car tout povre diable passe par tout sans peage ni gabelle ; mais ce n'est de coûtume que povres diables soient si bien montez : pourtant, monsieur le diable, descendez, que j'aye le roussin ; et si bien il ne me porte, vous, maître diable, me porterez ; car j'aime fort qu'un diable tel m'emporte.

CHAPITRE XXXV

Comment Gymnaste souplement tûa le capitaine Tripet et autres gens de Picrochole.

Ces mots entendus, aucuns d'entre eux commencerent avoir frayeur, et se seignoient de toutes mains, pensans que ce fût un diable déguisé ; et quelqu'un d'eux, nommé Bon Jean, capitaine des francs topins, tira ses heures de sa braguette et cria assez haut :

— Ἅγιος ὁ Θεός. Si tu es de Dieu, si parle ; si tu es de l'autre, s'en va.

Et pas ne s'en alloit ; ce qu'entendirent plusieurs de la bande, et départoient de la compagnie, le tout notant et considérant Gymnaste.

Pourtant fit semblant descendre de cheval, et quand fut pendant du côté du montoir, fit souplement le tour de l'étriviere son épée balarde au côté, et par dessous passé, se lança en l'air et se tint des deux pieds sur la selle, le cul tourné vers la tête du cheval. Puis dit :

— Mon cas va au rebours.

Adoncques, en tel point qu'il étoit, fit la gambade sus un pied, et tournant à senestre ne faillit oncques de rencontrer sa propre assiete sans en rien varier. D'ond dit Tripet :

— Ha, ne feray pas cettuy-là pour cette heure, et pour cause.

— Bren, dit Gymnaste, j'ai failli, je vais défaire cettuy saut.

Lors, par grande force et agilité, fit, en tournant à dextre, la gambade comme devant.

Ce fait, mit le poulce de la dextre sur l'arçon de la selle et leva tout le corps en l'air, se soutenant tout le corps sus le muscle et nerf dudit poulce, et tourna ainsi trois fois ; à la quatriéme, se renversant tout le corps sans à rien toucher, se guinda entre les deux oreilles du cheval, soudant tout le corps en l'air sur le pouce de la senestre, et en cet état fit le tour du moulinet ; puis, frappant du plat de la main dextre sur le milieu de la selle, se donna tel branle qu'il s'assit sur la croupe, comme font les damoiselles.

Ce fait tout à l'aise passe la jambe droite par sus la selle, et se mit en état de chevaucheur, sus la croupe.

— Mais, dit-il, mieux vaut que je me mette entre les arçons.

Adoncques, s'apuyant sur les pouces des deux mains à la croupe, devant soy, se renversa cul sus tête en l'air, et se trouva entre les arçons en bon maintien ; puis, d'un sobresaut, leva tout le corps en l'air, et ainsi se tint pieds joints entre les arçons, et là tournoya plus de cent tours, les bras étendus en croix, et crioit, ce faisant, à haute voix :

— J'enrage, diables, j'enrage, j'enrage, tenez-moy, diables, tenez-moy, tenez.

Tandis qu'ainsi voltigeoit, les marroufles en grand ébahissement, disoient l'un à l'autre :

— Par la merdé! c'est un lutin ou un diable ainsi déguisé : *Ab hoste maligno libera nos, Domine.*

Et fuyoient à la route, regardans derriere soy, comme un chien qui emporte un plùmail.

Lors Gymnaste, voyant son avantage, descend de cheval, dégaine son épée, et à grands coups chargea sur les plus huppez, et les tuoit à grands monceaux, blessez, navrez et meurtris, sans que nul résistât, pensans que ce fût un diable affamé, tant par les merveilleux voltigemens qu'il avoit faits que par les propos que luy avoit tenus Tripet, en l'appellant povre diable. Sinon que Tripet, en trahison, luy voulut fendre la cervelle de son épée lansquenette ; mais il étoit bien armé, et cettuy coup ne sentit que le chargement, et soudain, se tournant, lança un éstoc volant audit Tripet, et cependant qu'icelui se couvroit en haut, lui tailla d'un coup l'estomac, le colon et la moitié du foye, dont tomba par terre, et tombant rendit plus de quatre potées de souppes, et l'âme mêlée parmi les souppes.

Ce fait, Gymnaste se retire, considérant que les cas de hazard jamais ne faut poursuivre jusques à leur periode, et qu'il convient à tous chevaliers reverentement traitter leur bonne fortune, sans la molester ny gehenner. Et montant sus son cheval, lui donne des éperons, tirant droit son chemin vers la Vauguyon, et Prelingand avecques lui.

CHAPITRE XXXVI

Comment Gargantua démolit le château de Vede, et comment ils passerent le gué.

Venu que fut, raconta l'état auquel avoit trouvé les ennemis, et du stratagème qu'il avoit fait, lui seul, contre toute leur caterve, affermant qu'ils n'étoient que maraux, pilleurs et brigands, ignorans de toute discipline militaire, et que hardiment ils se missent en voye, car il leur seroit trés-facile de les assommer comme bêtes.

Adoncques monta Gargantua sus sa grande jument, accompagné comme devant avons dit. Et trouvant en son chemin un haut et grand arbre, lequel communément on nommoit l'arbre de Saint-Martin, pource qu'ainsi étoit crû un bourdon que jadis saint Martin y planta, dit :

— Voicy ce qu'il me falloit. Cet arbre me servira de bourdon et de lance.

Et l'arracha facilement de terre et en ôta les rameaux, et le para pour son plaisir.

Ce pendant, sa jument pissa pour se lâcher le ventre ; mais ce fut en telle abondance, qu'elle en fit sept lieues de déluge, et dériva tout le pissat au gué de Vede, et tant l'enfla devers le fil de l'eau, que toute cette bande des ennemis furent en grand horreur noyez, excepté aucuns qui avoient prins le chemin vers les coûtaux, à gauche.

Gargantua, venu à l'endroit du bois de Vede, fut avisé par Eudemon que dedans le château étoit quelque reste des ennemis, pour laquelle chose sçavoir, Gargantua s'écria tant qu'il pût :

— Etes-vous là, ou n'y êtes pas ? Si vous y êtes, n'y soyez plus ; si n'y êtes, je n'ay que dire.

Mais un ribaut canonier, qui étoit au machicoulis, lui tira un coup de canon, et l'attaignit par la temple dextre furieusement ; toutefois ne lui fit pour ce mal, en plus que s'il lui eût jetté une preune.

— Qu'est cela ? dit Gargantua, nous jettez-vous ici des grains de raisins ? La vendange vous coûtera cher ; pensant de vray que le boulet fût un grain de raisin.

Ceux qui étoient dedans le château amusez à la pille, entendans le bruit coururent aux tours et forteresses, et lui tirèrent plus de neuf mille vingt et cinq coups de fauconneaux et arquebouses, visans tous à sa tête, et si menu tiroient contre lui, qu'il s'écria :

— Ponocrates, mon amy, ces mouches icy m'aveuglent ; baillez-moy quelque rameau de ces saulles pour les chasser.

Pensant des plombées et pierres d'artillerie que fussent mouches bovines.

Ponocrates l'avisa et vid que n'étoient autres mouches que les coups d'artillerie que l'on tiroit du château. Alors choqua de son grand arbre contre le château, et à grands coups abattit et tours et forteresses, et ruina tout par terre. Par ce moyen furent tous rompus et mis en pièces ceux qui étoient en iceluy.

De là partans arriverent au pont du moulin et trouvèrent tout le gué couvert de corps morts, en telle foulle qu'ils avoient engorgé le cours du moulin, et c'étoient ceux qui étoient peris au deluge urinal de la jument.

Là furent en pensement comment ils pourroient casser, veu l'empêchement de ces cadavres.

Mais Gymnaste dit :

— Si les diables y ont passé, j'y passerai fort bien.

— Les diables, dit Eudemon, y ont passé pour en emporter les ames damnées.

— Saint Treignan, dit Ponocrates, par doncques consequence necessaire il y passera.

— Voire, voire, dit Gymnaste, ou je demourerai en chemin.

Et donnant des eperons à son cheval, passa franchement outre, sans que jamais son cheval eût frayeur des corps morts. Car il l'avoit accoûtumé (selon la doctrine de Elian) à ne craindre les ames ny corps morts, non en tuant les gens, comme Diomedes tuoit les Thraces, et Ulysse mettoit les corps de ses ennemis és pieds de ses chevaux, ainsi que raconte Homère, mais en lui mettant un phantosme parmi son foin et le faisant ordinairement passer sur iceluy quand il lui bailloit son avoine.

Les trois autres le suivirent sans faillir, excepté Eudemon, duquel le cheval enfonça le pié droit jusques au genouil dedans la panse d'un gros et gras vilain qui étoit là noyé à l'envers, et ne le pouvoit tirer hors ; ainsi demouroit empestré, jusques à ce que Gargantua, du bout de son bâton, enfondra le restes des trippes du vilain en l'eau, cependant que le cheval levoit le pié. Et (qui est chose merveilleuse en hippiatrie) fut ledit cheval guéri d'un surot qu'il avoit en celui pié, par l'attouchement des boyaux de ce gros marroufle.

CHAPITRE XXXVII

Comment Gargantua, soi peignant, faisoit tomber de ses cheveux les boullets d'artillerie.

Issus la rive de Vede, peu de temps après aborderent au château de Grandgousier, qui les attendoit en grand désir. A leur venuë, ils se festoyerent à tour de bras, jamais on ne vit gens plus joyeux : car *Supplementum Supplementi chronicorum* dit que Gargamelle y mourut de joye ; je n'en sçay rien de ma part, et bien peu me soucie ny d'elle ny d'autre.

La vérité fut que Gargantua, se rafraichissant d'habillemens et se testonnant de son peigne, qui étoit grand de cent cannes, appointé de grandes dens d'elephans toutes entières, faisoient tomber à chacun coup plus de sept balles de boullets qui lui étoient demourer entre ses cheveux à la démolition du bois de Vede.

Ce que voyant Grandgousier, son père, pensoit que fussent poux, et lui dit :

« — Dea, mon bon fils, nous as-tu apporté jusques icy des éparviers de Montagu ? Je n'entendois que là tu fisses résidence.

Adoncques Ponocrates repondit :

« — Seigneur, ne pensez pas que je l'aye mis au college de pouil-
lerie qu'on nomme Montagu ; mieux l'eusses voulu mettre entre les
guenaux de saint Innocent, pour l'énorme cruauté et vilennie que ai
cognuë ; car trop mieux sont traitez les forçaires entre les Maures et
Tartares, les meurtriers en la prison criminelle, voire certes les
chiens en vôtre maison, que ne sont ces malautrus audit college. Et
si j'étois roy de Paris, le diable m'emporte si je mettois le feu dedans
et ferois brûler et principal et regens, qui endurent cette inhumanité
devant leurs yeux être exercée.

Lors, levant un de ces boullets, dit : :

— Ce sont coups de canon, que naguieres a reçu votre fils Gargantua passant devant le bois de Vede, par la trahison de vos ennemis. Mais ils en eurent telle récompense qu'ils sont tous peris en la
ruine du château, comme les Philistins par ongin de Samson, et ceux
qu'opprima la tour de Siloë, desquels est écrit, Luc, XIII. Iceux je
suis d'avis que nous poursuivions cependant que l'heur est pour nous ;
car l'Occasion a tous ses cheveux au front : quand elle est outrepas-
sée, vous ne la pouvez plus revoquer ; elle est chauve par le derrière
de la tête, et jamais plus ne retourne.

— Vrayement, dit Grandgousier, ce ne sera pas à cette heure, car
je veux vous festoyer pour ce soir, e- soyez les très bien venus.

Ce dit, on apprêta le soupper, et de surcroît furent roustis seize
bœufs, trois genisses, trente et deux veaux, soixante et trois che-
vreaux moissonniers, quatre-vingts quinze moutons, trois cens gor-
rets de lait à beau moût, onze vingts perdrix, sept cens bécasses,
quatre cens chappons de Loudunois et Cornouaille, six mille poullets
et autant de pigeons, six cens gelinottes, quatorze cens levreaux,
trois cens et trois oustardes et mille sept cens hutaudeaux ; de ve-
naison, l'on ne put tant soudain recouvrer, fors onze sangliers,
qu'envoya l'abbé de Turpenay, et dix et huit bêtes fauves, que donna
le Seigneur de Grandmont ; ensemble sept vingt faisans, qu'envoya
le seigneur des Essars, et quelques douzaines de ramiers, d'oiseaux
de rivieres, de cercelles, butors, courtes, pluviers, francolins, cra-
vans, tiransons, vanereaux, tadournes, pocheculieres, pouacres, hé-
ronneaux, foulcres, aigrettes, cigongnes, cannes petieres, oranges,
flammans (qui sont phenicopteros), terrigoles, poulles de Inde, force
coscossons, et renfort de potages. Sans point de faute y étoit de vi-
vres abondance, et furent apprêtez honnêtement par Frippesauce,
Hoschepot et Pillèverjus, cuisiniers de Grandgousier. Janot, Micquel
et Verrenet apprêterent fort bien à boire.

CHAPITRE XXXVIII

Comment Gargantua mangea en salade six pelerins.

Le propos requiert que racontions ce qu'advint à six pelerins qui
venoient de Saint-Sebastien, près de Nantes, et, pour soy heberger
celle nuit, de peur des ennemis, s'étoient mussez au jardin dessus
les poyzars, entre les choux et laitües. Gargantua se trouva quelque
peu alteré, et demanda si l'on pourroit trouver des laitües pour faire
salade.

En entendant qu'il y en avoit des plus belles et grandes du païs, car elles étoient grandes comme pruniers ou noyers, y voulut aller lui-même et en emporta en sa main ce que bon lui sembla, ensemble emporta les six pelerins, lesquels avoient si grand'peur, qu'ils n'osoient ny parler ny tousser.

Les lavant doncques premièrement en la fontaine, les pelerins disoient en voix basse l'un à l'autre :

— Qu'est-il de faire? Nous noyons ici entre ces laituës; parlerons-nous? Mais si nous parlons, il nous tuëra comme espies.

Et comme ils deliberoient ainsi, Gargantua les mit, avec ses laituës, dedans un plat de la maison grand comme la tonne de Citeaux, et avecques huile, et vinaigre, et sel, les mangeoit pour soy rafraîchir devant soupper, et avoir jà engoulé cinq des pelerins, le sixieme étoit dedans le plat caché sous une laituë, excepté son bourdon, qui apparoissoit au dessus. Lequel voyant Grandgousier, dit à Gargantua :

— Je croy que c'est là une corne de limaçon, ne le mangez point.

— Pourquoy? dit Gargantua, ils sont bons tout ce mois.

Et tirant le bourdon, ensemble enleva le pelerin et le mangeoit trés-bien. Puis bût un horrible trait de vin pineau, en attendant que l'on apprétât le soupper.

Les pelerins, ainsi devorez, se tirerent hors les meulles de ses dents le mieux que faire pûrent, et pensoient qu'on les eût mis en quelque basse fosse des prisons. Et lors que Gargantua bût le grand trait, cuiderent noyer en sa bouche, et le torrent du vin presque les emporta au gouffre de son estomac; toutefois, sautans avec leurs bourdons, comme font les miquelots, se mire en franchise l'orée des dents. Mais par malheur l'un d'eux, tâtant avecques son bourdon le païs, à sçavoir s'ils étoient en seureté, frappa rudement en la faute d'une dent creuse, et ferut le nerf de la mandibule, dont il fit trés-forte douleur à Gargantua, et commença crier de rage qu'il enduroit. Pour doncques se soulager du mal, fit apporter son curedent, et, sortant vers le noyer grollier, vous dénicha messieurs les pelerins.

Car il attrapoit l'un par les jambes, l'autre par la besace, l'autre par la foüillouse, l'autre par l'ascharpe, et le povre haire qui l'avait feru du bourdon l'accrocha par la braguette; toutefois, ce lui fut un grand heur, car il lui perça une bosse chancreuse, qui le martyrisoit depuis le temps qu'ils eurent passé Ancenis. Ainsi les pelerins dénichez s'enfuirent à travers la plaine à beau trot, et appaisa sa douleur.

En laquelle heure fut appelé Eudemon pour soupper, car tout étoit prêt.

— Je m'en vais doncques, dit-il, pisser mon malheur.

Lors pissa si copieusement, que l'urine trancha le chemin aux pelerins, et furent contraints passer la grande boire. Passans de là, par l'orée de la touche en plain chemin, tomberent tous, excepté Fournillier, en une trape qu'on avoit faite pour prendre les loups à la tranée. D'ond échaperent moyennant l'industrie dudit Fournillier, qui rompit tous les lacs et cordages. De là issus, pour le reste de celle

nuit coucherent en une logè prés le Coudray, et là furent reconfortez
de leur malheur par les bonnes paroles d'un de leur compagnie,
nommé Las-d'aller, lequel leur remontra que cette avanture avoit été
prédite par David (Psal.)... *Cùm exsurgerent homines in nos, forté
vivos deglutissent nos*, quand nous fûmes mangez en salade au grain
du sel. *Cùm irasceretur furor eorum in nos, forsitan aqua absorbuisset
nos*, quand il bût le grand trait. *Torrentem pertransivit anima
nostra*, quand nous passâmes la grande boire. *Forsitan pertrans-
isset animo nostra aquam intolerabilem*, de son urine, dont il nous
tailla le chemin. *Benedictus Dominus qui non dedit nos in captionem
dentibus eorum. Anima nostra sicut passer erepta est dé laqueo ve-
nantium*, quand nous tombâmes en la trape. *Laqueus contritus est*,
par Fournillier, *et nos liberati sumus. Adjutorium nostrum*, etc.

(La suite au Nº 51).

Imprimerie de Poiss — S. Lea et Cⁱᵉ.

PROGR

A mesure que la République, au prix des plus grands sacrifices, répand l'instruction dans toutes les classes de la société, le besoin de lire devient chaque jour plus grand, le champ de la curiosité intellectuelle s'élargit; déjà, par la presse, des notions sommaires circulent à travers la masse des citoyens, éveillent en eux la volonté de connaître plus complètement les hommes et les œuvres dont le nom passe sans cesse sous leurs yeux;

Mais, pour satisfaire ces légitimes aspirations, que d'obstacles surgissent devant la grande majorité des lecteurs. D'une part, le prix élevé des livres; d'autre part, la difficulté de faire un choix, d'opérer une sélection dans la liste parfois considérable des ouvrages de chaque auteur.

Ces considérations nous ont déterminé à fonder, sous le titre : *Les Livres du Peuple*, une bibliothèque républicaine qui, sous un format élégant, et pour un prix insignifiant, fournira aux hommes avides à la fois d'instruction et de saines distractions l'aliment généreux et réconfortant dont notre littérature française est une source inépuisable.

Dix centimes le volume, 36 pages de texte, contenant une œuvre ou des fragments d'œuvres à la fois intéressants et instructifs, signées des noms les plus illustres de notre pays; c'est là que nous avons trouvé la solution du problème. Chaque semaine, dans la chambre du travailleur un nouvel hôte viendra s'asseoir pour lui donner des enseignements ou éveiller son imagination, et à la fin de l'année, ces volumes formeront une sorte d'encyclopédie de la pensée humaine.

Des illustrations soignées y ajouteront un attrait particulier.

Nous estimons que, dans le développement de la conscience républicaine, dans la notion juste des droits et des devoirs, réside l'avenir de notre pays. Nous avons la ferme conviction qu'il faut combattre par l'instruction rationnelle les enseignements mystiques et faux du cléricalisme. Notre Bibliothèque sera une arme de propagande démocratique et nous avons l'espoir que le public nous aidera à la porter haute et ferme dans la lutte de l'obscurantisme contre pensée libre.

Histoire, philosophie, théâtre, romans, sciences physiques et naturelles, industrie, toutes les branches des connaissances humaines trouveront place dans *les Livres du Peuple*.

Nous avons confié la direction de cette œuvre éminemment utile à M. Jules Lermina, dont le républicanisme éprouvé, le talent littéraire et la grande érudition sont pour tous le garant des tendances qui seront imprimées à notre Bibliothèque et du goût qui présidera au choix des publications. Tous les républicains voudront lire et propager ces excellents livres.